生活轻哲学

日本の樹木

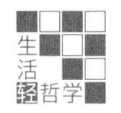

日本的树木

〔日〕馆野正树 著
孔妮 译

人民文学出版社
PEOPLE'S LITERATURE PUBLISHING HOUSE

著作权合同登记：图字 01-2018-5416 号

Original Japanese title: NIHON NO JUMOKU
Copyright © Masaki Tateno 2014
Japanese edition published by Chikumashobo Ltd.
Simplified Chinese translation rights arranged with Chikumashobo Ltd.
through The English Agency(Japan) Ltd.

图书在版编目（CIP）数据

日本的树木 /（日）馆野正树著；孔妮译. —北京：人民文学出版社，2020

（"生活轻哲学"书系）

ISBN 978-7-02-014865-3

Ⅰ.①日… Ⅱ.①馆… ②孔… Ⅲ.①散文集–日本–现代 Ⅳ.① I313.65

中国版本图书馆 CIP 数据核字（2019）第 015281 号

责任编辑　卜艳冰　王皎娇　王晓星
装帧设计　钱　珺

出版发行	人民文学出版社
社　　址	北京市朝内大街 166 号
邮政编码	100705
网　　址	http://www.rw-cn.com
印　　制	宁波市大港印务有限公司
经　　销	全国新华书店等
字　　数	76 千字
开　　本	850×1168 毫米　1/32
印　　张	5.5
版　　次	2020 年 5 月北京第 1 版
印　　次	2020 年 5 月第 1 次印刷
书　　号	978-7-02-014865-3
定　　价	55.00 元

如有印装质量问题，请与本社图书销售中心调换。电话：010-65233595

序

树木的历史

在生物学世界，我们把不断增粗、伸长的多年生茎的植物称作木本。木本亦称树木，也可将其进一步简称为树。

树木并不是突然出现的，它是陆地植物的一类，与微生物和动物具有相同的祖先。距今4亿多年前，原本生活在海里的光合作用生物登上陆地。最初的陆地植物近似于苔藓植物，之后逐渐进化成蕨类植物。它们没有种子，通过产生、分裂小孢子的方式进行繁殖。

古生代时期，植物中出现了种子植物。其中，最早出现的是裸子植物。古生代结束于距今约2亿4700万年前，那时，从属于裸子植物的树木达到了鼎盛。裸子顾名思义，表示种子的前身即胚珠裸露在外。裸子植物包括冷松、杉树、松树等针叶树，它们的特征是，拥有可以运输水分的纤细管胞。

接下来的中生代，是以恐龙为代表的时代。在这个时代，植物进化到被子植物阶段。被子即胚珠被包藏之意。被子植物门的树木包括山毛榉、栎树等阔叶树，它们用来运输水分的组织是粗导管。

新生代开始于距今约6500万年前，在这个时代，哺乳类动物终于实现了多样性进化。大约2000万年前，地球进入了冰期与间冰期反复交替的冰河时代，最后一个冰期结束于约1万年前。中生代至今，古老的裸子植物与新生的被子植物在地球上共同繁衍、生存下来。

提到进化，人们就会有新物种淘汰旧物种的印象，而事实上，有优势的旧物种也会生存下来。裸子植物，特别是常绿针叶树能够适应寒冷的气候，主要幸存于高纬度和海拔较高的地区。另一方面，常绿阔叶树在温暖的地区生长旺盛，从而成为气温较高地区的优势物种。落叶性树木却没有如此明确的栖息地。落叶阔叶树能够适应任何温度，但落叶针叶树已基本灭绝，只有落叶松等少数种类生存了下来。

树木的环境适应战略

仅仅在日本，树木的种类就达到近千种。把这些种类全部记住的确有难度。但是，树木的生长方式却没有那么多种。只要知道树木的生长方式，就可以基本准确地推测出拥有某种特征的树木种类的适应方法。

我认为，将树木的生存方式加以分类的一个重要指标是"寿命战略"。这里所说的寿命，是由滑坡等物理性干扰因素决定的。

①寿命较长的常绿乔木的战略

假设常绿乔木能够达到200年以上的寿命，平坦的平原和较为和缓的山脊就是其理想场所。如果想生存200多年，常绿乔木的树干和根部必须很坚固。这里所说的坚固，是指能够抵挡菌类和细菌类的侵袭。因此，较为有效的办法是，提高树干和树根单位体积的密度，这样会减缓树木的生长速度。这种情况下，在生长初期，常绿乔木的高度会低于生长较快的树木，不得不在昏暗的林床中生长。为了在昏暗的林床中生长，常绿这种特质是非常有效的。常绿乔木的战略是：在昏暗的林床中持续生长，在漫长的生命过程中成长为巨大的植物体。

②寿命稍短的落叶乔木的战略

假设落叶乔木的寿命是50年到200年，为达到这一寿命目标，树干和树根所需的体积密度并不像常绿乔木那么大。降低密度可能会大大加快落叶乔木的生长速度。如果落叶乔木比常绿乔木生长速度快，就可以经常在明亮的环境中进行光合作用。为了在明亮的环境中进行高效的光合作用，比常绿叶更薄，寿命更短的落叶性树木的树叶更为有效。落叶乔木的战略是：在明亮的环境中快速生长，在较短的时间内成长为较大的植物体。

③寿命极短的灌木的战略

在有些环境中，树木的寿命只有不到50年，例如河滩等，由于时常发生洪水，会将植物连根冲走。如果树木寿命只能这么短，那么能够使树干和树根的体积密度更小，甚至中空的话，就可以进一步加快树木的生长速度。当然，这种树木的生长环境十分明亮，因此，树叶大多是落叶型的。虽然它们生长速度很快，但是在树木长成为较大的植物体之前，其生命已经到达尽头，因此，树木会在小植物体时期开花、结果。落叶灌木的战略是：在明亮的环境中快速生长，短时间内繁衍后代。

上文所述的寿命并不是一定准确的，但是可以帮助读者加深对树木的了解。不过，也有常绿灌木、蔓生植物等例外情况，因此这种分类方法并不能帮助人们了解所有的树木。为什么体积密度较高能抵御微生物呢？为什么落叶型树木的树叶能进行高效的光合作用呢？你一定会有诸如此类的疑问吧，对此，本书将一一进行解答。

本书中所使用的气候带的名称及其特征

日本列岛南北狭长，气候多变。冲绳等西南诸岛为亚热带，九州以北属于暖温带、中温带、寒温带（亚寒带）。寒温带此前被称作亚寒带，在本书中，我们效仿科学领域的专业英语，称其为寒温带。

区分各气候带的标准如下，亚热带指冬季最低气温保持在冰点以上的地区，暖温带指冬季的最低气温可能在冰点以下的地区，中温带指冬季的最低气温达到-10℃的地区，寒温带则是最低气温达到-20℃的地区。本州中部的平原地区为暖温带，海拔1000米的地区为中温带，海拔达到2000米的地区则为寒温带。

目录

常绿高木

001　柏科
007　杉
015　冷杉科
023　大白叶冷杉
029　五针松科
035　红松
041　锥栗
047　樟树
053　小叶青冈
059　榕树

落叶高木

065　山毛榉
073　枹栎科
079　榉树

085	械树科
093	大山樱花
099	山茱萸和四照花
105	连香树
111	刺槐
115	落叶松
121	银杏

中低木

129	泡桐
135	山桑
143	柳树
149	空木
155	日本山茶

蔓生植物

161	紫藤
167	结语

常绿高木

柏科

扁柏　柏科常绿针叶树。扁柏属的扁柏、侧柏（黑柏）、罗汉柏（明日柏）由于叶子形状相似，曾被统称为扁柏。扁柏分布于太平洋沿岸的中温带，侧柏和罗汉柏则分布于多雪地的温带及寒温带地区。罗汉柏中，分布于北方的是桧罗汉柏，它在江户时代之前，为白神山地的主要树种。据推测，白神山地上，曾经种植的是第13页照片中显示的树木，现在的大部分柏树林是人工林。

柏科树木作为木材，具有极高的价值。正是这种高价值左右着柏科树木和人类的关系。

法隆寺[1]就是用柏木建造而成的。建造法隆寺时，大概奈良盆地周围种植着柏树吧。法隆寺是个古老的建筑，从频繁迁都的飞鸟时代到奈良时代，官府机构也随之不断迁移，然而，当时的统治者却没有因为迁都而建造新的建筑，而是将法隆寺拆解，用人力车搬运到新的都城，再组建起来。这也可以理解，毕竟与从附近山林里伐木、加工相比，循环利用建筑物能够节省劳动力。平城京[2]与之前的都城相比，极尽宏伟壮丽，因此，循环利用之前的木材已经不能与其特质相符了。于是，人们从滋贺县的信乐运来了包括柏树在内的大量木材。这就意味着，奈良盆地有价值的木材都枯竭了。为了兴建平城京，信乐的针叶林也已枯竭，如今已经不见踪影了。而这个平城京，也因兴建

1　法隆寺：又称斑鸠寺，位于日本的奈良县，是圣德太子在飞鸟时代建造的佛教木结构建筑，建筑设计受到了中国南北朝建筑的影响。——编者注。

2　平城京：日本奈良时代的京城，地处今日本奈良市。建筑风格模仿中国唐朝都城长安。——编者注。

长冈京[3]而被拆解了。

柏科于江户时代末期再次登上了历史舞台。包括扁柏在内，生长于木曾的5种常绿针叶树，被称作木曾五木（扁柏、罗汉柏、日本金松、侧柏、日本花松）。除日本金松外，其他4种均属柏科。对于幕府和藩国来说，木曾五木是重要的资源，因此受到了重点保护。当时，木曾的人们只被允许砍伐一部分落叶阔叶树，他们大概一直对高价的木曾五木垂涎三尺吧。许多人期盼着明治维新之后，木曾的人们就可以利用丰富的森林资源了。岛崎藤村的《黎明之前》一书中的主人公，青山半藏便是这样一个人。但天不遂人愿，明治政府甚至禁止人们踏足森林。半藏对曾寄予厚望的革命大失所望，患上了精神病，在心灰意冷中倒毙了。半藏的原型是岛崎正树——藤村的父亲。我的名字正是取自岛崎正树。在高中时代阅读了《黎明之前》，深感其沉重，时常会想若是主人公的理想能够实现就好了。

3　长冈京：日本都城，位于今日本长冈市。——编者注。

但是，最近我意识到，他的理想是不是过于天真了。若是木曾的森林被不加节制地开放，乱砍滥伐可能会导致难以挽回的后果。一旦放开砍伐，人们就会争先恐后地砍伐高价值的木曾五木，而不会花费工夫去植树造林了。这对个人来说，是使眼前利益最大化的方法，但是从长远来看，这样会造成森林荒废，人们无法持续性地从森林中获得财富，这就是所谓的"共有地悲剧"。白神山地就是个典型例子。最近，人们发现了一幅名为"津轻国图"的江户时代植被图，从而了解了发生在白神山地的悲剧。江户时代初期，白神山地种有桧罗汉柏和山毛榉的混交林。由于无节制的砍伐，高价值的桧罗汉柏灭绝了，与此相反，木材价值甚微的山毛榉却得以存留下来。

常绿高木

位于奥利根的柏榉混合林

江户时代森林被荒废的地方并不是木曾,而是从木曾出发,越过中阿尔卑斯山脉[4],便可到达的一个叫做大鹿村的地方。这与其说是共有地悲剧,倒不如说是因用木材缴纳年贡所造成的悲剧。缴纳年贡的木材是建筑用常绿针叶林,为缴纳年贡而不断砍伐天然林的结果是:只有深山处才会有常绿针叶林,村落里只留下了落叶阔叶林组成的杂树丛。循规蹈矩的日本人将作为年贡所缴纳树木的名称及棵树都一一做了记录。通过解读这些记录,我们便可以明白,江户时代的森林经历了怎样的变迁。

---

4 中阿尔卑斯山脉:这里指坐落于日本富士山县和长野县境内的山脉。——编者注。

常绿高木

杉

杉 柏科杉属常绿针叶树。杉木。以前独立为杉科。曾经主要生存于雪地较多的日本海沿岸山地。对于降雪较少的太平洋沿岸，在伊豆半岛和纪伊半岛等降水量较多的地区也有分布。因花粉症而臭名昭著，生长速度比柏树快，可以用来制作柱子和木板。杉树因价值较高而被乱砍滥伐，现在的杉树大部分种植于太平洋战争之后。

很多树木的名字中都带有杉字。日本就有屋久杉、阿波杉等，这些都是地地道道的杉树。不过，喜马拉雅杉和黎巴嫩杉并不是杉树，而属于松科。这个错误大概是由于人们将英语中意为松科的单词cedar误译为杉了。也有的树木名字中没有杉字，却与杉树是近缘植物，例如美国红杉[1]。杉树和红杉均因长寿而闻名。

在日本生长的杉树树种，除了在中国有些同类外，几乎都只在日本有所分布。但是，杉树并非在日本各地都有生长，有著名杉树分布的地区，降水量均较为丰富。例如，以秋田杉闻名的秋田雪地较多，以屋久杉闻名的屋久岛全年均有降水。杉树在常绿针叶树中生长速度较快，大概也是得益于丰富的降水量吧。杉树的构造还有待研究，但杉树生长速度极快，而且作为木材使用方便，这使得杉树在日本全国各地被广泛种植开来。

人工杉树林作为日本木材生产的核心，本来应

---

[1] 美国红杉：美国红杉在日文中被叫做sekoia，名字中没有杉sugi一词。——编者注。

该被重点保护,但是,伴随着日本社会的逐渐富裕,进口木材变得比国产木材更为便宜,这是杉树悲剧的开端。人们对人工林弃之不理,致使其荒废,再加之杉树会引起花粉症,使得人们对杉树的评价一落千丈。

为什么不能对人工林放任不管呢?其原因在于间苗。不仅是杉树,间苗对所有人工林都是必不可少的。若不进行间苗,植物个体间为争夺阳光而进行的竞争会异常激烈。这种情况一旦发生,将会单方面促进植物的伸长性生长,而忽略粗壮性生长。通常情况下,植物为了充分抵抗风等外界因素的侵袭,会生长成粗壮程度和长度较为平衡的形状,而一旦面临竞争,它们只能弃车保帅。树干优先进行伸长性生长会造成徒长(树木的枝干和茎伸展得过长),这种树干一旦遭遇降雪,会如第19页图片所示的那样被压断。这样的人工林毫无用处。被压断的自不必说,没被压断的树干由于太细,也无法用于制作柱子。因此,为了缓和人工林中树木间的竞争,必须对其进行间苗。

福岛县本名御乐神岳附近的杉树和山毛榉的混交林

由于未进行间苗,被雪压断的人工林的杉树

另一方面，天然林的徒长现象不会这么严重。人工林里种植的是同样大小的幼苗，所以竞争的胜负难以预料，因此，所有的树木都不断伸长生长。与此相对地，天然林的发芽期各不相同，树木的个体特性也往往多种多样。这样一来，生长速度更快，长得更高大的树木就成为赢家，输家则在背阴环境下生长，最终枯萎而死。这叫做自然间苗。通过自然间苗，可以减少单位面积上植物个体数量，避免像人工林那样无节制的竞争。

在自然间苗的过程中，植物个体的大小与单位面积上的个体密度具有普遍关联。这是"3的2次方法则"。日本生态学家于20世纪50年代发现了这一法则，它给人工林的间苗工作带来了巨大影响，使实现木材生产率最大化的间苗技术得以确立，但是当时缺少推行合理间苗的人手。

另一个悲剧便是花粉症。近几十年来，每年都会有杉树花粉症的相关新闻。其中的一个原因是，生物为尽可能繁衍出更多的子孙后代，对自己的一生有所规划。所谓的规划是，植物在幼年期尽全力使自己长大，长到一定程度后，便开始致力于繁殖。寿命较短的生物幼年期较短，寿命较长的生物幼年期则较长。例如樱花树一类的树木寿命较短，幼年期也较短，从幼年期便开始开花。相反地，像杉树一样寿命较长的树木幼年期较长，很多时候，它们的幼年期有几十年之久。近几年，太平洋战争时期种植的杉树结束了幼年期，开始传播花粉。

综上所述，荒废的人工林和花粉症，是导致人们对杉树产生消极印象的两大因素。作为木材来说，杉树没有柏树高级，这更加加深了人们的这一印象。即使我们这些建筑外行也能看出：柏树木材与杉树木材相比，表面更加光滑，纹理更加细腻。我老家的居所，是曾祖父当年作为隐居之所建造起来的，由于是简易房，房屋的柱子是杉树材质的。这些杉树柱子时常被朋友奚落，父亲的梦想便是以柏树为材料建造一所房子。

但是，连古代出云大社[2]那样高贵的建筑，也是

---

2 出云大社：位于日本岛根县出云市，是日本最古老的大社之一。——编者注。

用杉树建造的。有观点称，这是由于建造出云大社时，还没有从远方运输木材的条件，只能就近使用杉树。不过，与日光植物园毗邻的旧皇室别墅田母泽中，景色最优美的地方也是用杉树建造而成的。这是江户时代的建筑物，到明治时代后又被迁移重建，建造当时，已经有条件可以从全国各地运输木材。即便如此，建筑物仍然使用杉树为原材料。据说，现在出云大社中最重要的柱子仍是杉树木材。所以，不必因为自己的房子是杉树材质，就妄自菲薄。

最近，我也开始逐渐意识到杉树木材的优点。从日光植物园出发，翻过一座山便能看到一家由当地森林协会经营的荞麦店。它是用杉树建造而成的。虽说比不上柏树的不凡气度，但用杉树建造的这所房子令人感到温馨和朴实。人们甚至可以在榻榻米上走来走去，十分自在。不仅是房屋建筑，这家店的荞麦也堪称上乘。

抛开这些感性问题不谈，我认为我们必须维护、利用人工杉树林。只要世界人口持续增长，未来我们必将面临木材供给不足的状况。那时，我们就只能依赖国产的杉树了。

日本的树木

用杉树建造的荞麦店

冷杉科

冷杉 松科杉属常绿针叶树。太平洋一侧分布广泛。在关东地区，冷杉生长于海拔500米至1000米的地区；里白杉生长于海拔1000米至1500米的地区；银杉生长于海拔1500米以上的地区。东京有一地名称作代代木，是因此地曾有冷杉历经数代生存于此。铁杉和云杉是与冷杉具有相同性质的常绿针叶树。

冷杉作为木材，使用价值较低。但是，身为国宝的姬路城和松本城的天守阁都是用冷杉建造而成的。天守阁本身是用于战争的建筑，和优雅完全不沾边，所以用生长在附近的冷杉来建造也是可以理解的。很多出土于弥生时代遗迹的柱子也是由冷杉制造而成，静冈的登吕遗迹和佐贺的吉野里遗迹的柱子也是冷杉的。要说冷杉作为木材的问题，就是被砍伐后会散发出恶臭。

日光植物园技术官员高桥的家建成于200多年前。日光盛产冷杉，因此，高桥的家也是由冷杉建造而成的。用于建造房梁的冷杉被"锛子"这种工具锛得棱角分明，而用于建造柱子的冷杉则被用刨子刨得十分光滑，二者形成了鲜明的对比。现在房梁因常年被地炉的烟熏呈一种乌黑的颜色。

这座房子诞生大约百年之后，爆发了幕府末期的戊辰战争[1]。顽强抵抗到最后的旧幕府人马抱着日光东照宫的神像从日光向会津方向逃去。路上经过了高

---

[1] 戊辰战争：始于1868年（戊辰年），结束于1869年，以明治天皇为首的天皇军与德川庆喜的幕府军之间的战争，幕府政权战败。此战奠定了日本现代统一国家的基础。——编者注。

桥家附近，那是一段翻山越岭的惊险旅程，而且在他们逃亡的目的地会津，有一场史上最大的激战正在等待着他们。见证了那个时代的加工粗糙的房梁承担着这样的历史的厚重感。戊辰战争时期会津藩主松平容保到了明治时代担任了日光东照宫宫司一职。日光和会津有着很深的渊源，如今的德川宗家是容保的直系传人。

那么，树木的整体寿命是由什么决定的呢？最有说服力的一种说法是，树木的整体寿命是由菌类入侵导致的木质部被腐蚀的时间决定的。这是因为菌类入侵会导致树干强度不足而最终折断。

那么，从新叶到枯萎，再从枯萎到长出新叶，如此周而复始的树叶的寿命和树叶的性质又有怎样的关系呢？生长速度较快的落叶树岳桦的叶片的寿命也只有两三个月。与此形成鲜明对比的就是冷杉科的叶片寿命都较长。有的时候一枚冷杉科叶片竟能存活近10年。而杉树和扁柏的叶子也有两三年的寿命。虽说树叶的寿命是由植物体本身自主决定的，但寿命较短的叶片与寿命较长的叶片的性质却大相径庭。寿命较短的叶片较薄，而寿命较长的叶片较厚。寿命较短的树叶无需抵抗强风的摧残，也不必为了不成为别人的口中之物而殊死挣扎。在这些问题出现之前，薄树叶早就枯萎死去了。与上述情况相反，寿命较长的树叶必须顶住上述两点压力，因此叶片较厚。

或许人们会认为叶片寿命较长的常绿树由于全年都在进行光合作用，因此比叶片寿命较短的落叶树生长速度更快。但事实却恰恰相反，叶片寿命较短的落叶树生长速度要快得多。其中一个原因便是落叶树在叶片生长过程中收集、利用光的效率较高。在有机物质量相同的情况下，相比于叶片较厚的常绿树，叶片较薄的落叶树面积更大，因此能够更大程度地利用光照。这一点作用很大，即使一年中只有一半的时间在进行光合作用，落

常绿高木

东京西部的高尾山上有很多巨大的冷杉树

叶树的生长速度也快于常绿树。

如此一来，人们就会对常绿树的存在意义产生怀疑。四季长叶生长速度慢，从这一点看来，常绿树明显输给了落叶树。但日本却生长着许多野生常绿树。日本是四季分明的温带气候，在这种气候环境下，常绿树的生长优势在于，可以在冬季的时候，在落叶树的林床上进行光合作用。从晚秋到早春，落叶树的林床光照充足，常绿树幼苗在这个时期不断地进行光合作用，渐渐生长。在降雪量较大的地区，早春时常绿树幼苗被雪覆盖，难以进行光合作用，但在晚秋时节，光合作用就可以顺利进行了。但与此同时，由于落叶

腐坏的柏木的切面

日光的冷杉等树的混交林

树的幼苗无法利用这些光照，要生长几乎是不可能的。

如此，拥有不同性质的落叶树和常绿树交替成为森林的主力军。一旦有了光照，落叶树就快速成长起来，落叶树倒下了，在它下面渐渐长大的常绿树就成为了森林的主力。然后，常绿树经过生长而筋疲力尽之后，林床的光照再次变得充足起来，拥有了生长的必要条件——光照的落叶树开始迅速生长，于是，森林再次变成了落叶树的天下。日本的森林就这样周而复始地进行着落叶树→常绿树→落叶树的循环往复。这种状况在落叶树占优势地位的冷温带地区同样会出现。如前文描写扁柏科时提到的那样，在江户时代初期的白神山地，属于落叶树的山毛榉和属于常绿树的罗汉柏同时存在。森林的各处都是独立存在的落叶树→常绿树→落叶树的循环往复。而在太平洋一侧的冷温带也很有可能存在着日本山毛榉等落叶树→冷杉、铁杉→日本山毛榉的循环。

如此看来，常绿树在蓄势待发，默默等待着落叶树的枯萎。因此，常绿树的总体寿命必然比落叶树长，所以大多数情况下，相比于落叶树木材，常绿树木材不易腐朽，具体来讲就是常绿树木材密度较大，菌类不易侵入。

海拔由低到高生长的冷杉科的树木依次为冷杉、日光冷杉、银杉。目前来说，出现这种现象的原因依然不得而知，人们只是知道这样一个规律：虽然日光冷杉和银杉也可以在冷杉的源生地日光植物园存活，但是如果将冷杉和日光冷杉移植到比生长地海拔更高的地方，它们就会枯萎而死；相反，移植到海拔较低的地方则不会枯萎。除了冷杉科以外，有关的许多近缘物种的栖息地机制方面的知识，仍然有许多不为人知的事。和扁柏、罗汉柏、明日柏一样，属于落叶阔叶树的枹栎、桙栎也有着讳莫如深的故事。

大白叶冷杉

大白叶冷杉 松科杉属常绿针叶树。外形与银杉相似,但从遗传角度看来,大白叶冷杉与其他杉属树种性质差异较大。它们分布于日本海一侧降雪量较为丰富的山地,八甲田山和藏王山的树挂附着在大白叶冷杉表面。我工作的日光植物园由于在野外,所以无法种植。这大概和日光降雪量较小也不无关系吧。

高中的教科书上是这样记载的：树木的上限（森林界限）随着纬度的上升而不断下降。对于上述现象出现的原因，教科书上做了这样的说明：在北半球，温度会随着纬度的升高而下降。

但是，这个解释需要做一些补充说明。即使在高纬度的地区，在山峰高度越高的情况下，这里的森林界限的标高越高。让我们以八甲田山和日高山脉为例做下比较吧，相比于八甲田山，日高山脉纬度更高，但森林界限也更高。这是受一种名为"山顶效果"的气象条件影响而出现的。由于山顶附近风力较大，高大的树木难以生存，因此，即使纬度不高，山顶高度比较低的话，森林界限也会变低。那么，为什么树木在强风的条件下难以生存呢？据分析，主要是由于冬季风席卷而来的冰碴损伤树木造成的。实际上，我们可以在森林界限附近的上风头看到没有树枝的、宛如旗杆形状的树貌（顺风树貌）。这就是处于上风向的树木的树枝受强风损伤后枯萎而形成的景象。

在严冬期的八甲田山，能看到大白叶冷杉的顺风树貌上挂满树挂的场景。一到三月，积雪被压实，这里便迎来了滑雪的好时节，这时，树挂融化，大白叶冷杉只有顺风树貌的部分从积雪中伸出脑袋。在没有亲眼见识过八甲田的夏天之前，我一直以为大白叶冷杉是个外表平平的冷杉科植物呢。大四那一年的夏天，我去八甲田实习，看到了大白叶冷杉的树枝从深埋于积雪中的根部向四周延伸，这才知道这种植物是如此性感婀娜。那一刻，我除了对大白叶冷杉感到深深的歉意之外，还深切地体会到了雪的可贵。

　　树木是怎样抵抗低温的呢？冰会破坏细胞的内部构造，细胞内的水分结冰的话细胞便会坏死。因此，防止细胞内水分结冰的构造便是细胞抵抗低温的小卫士。

　　纯淡水一旦达到 0℃以下就会结冰，但细胞内溶解了各种各样的物质，因此没有淡水那么容易结冰。植物细胞里的溶解物浓度一到秋天便会上升，蔗糖等物质在细胞里积攒，这可以在一定程度上帮助细胞抵御低温。

但是，仅靠这些并不能确保植物安全地度过寒冬。植物细胞外部的水分会首先冻结，这就是所谓的细胞外冻结。细胞外的水成分接近于淡水，因此很容易结冰。一旦发生了细胞外冻结，细胞内部的水分就会外溢，而这些外溢的水分如果又被冻结，细胞内的水分会进一步外溢。这样，细胞内溶解物的浓度会不断上升，细胞内水分会更不易结冰。温度到达-10℃的时候，细胞内90%的水分都会外溢到细胞外，浓缩的细胞内部已经变成难以冻结的黏稠状了。不同品种的植物的耐寒程度也会有所不同，在西伯利亚地区，甚至有植物能在-50℃的严寒中生存，这基本上都是得益于细胞外冻结。

人们一般会认为生活在冰雪之国的植物都有较强的耐寒性，但事实

常绿高木

福岛县会津驹山附近的大白叶冷杉

却没有这么简单。即使是冬天，积雪下面的温度也能保持在0℃左右，因此，也会有躲在重重积雪下过冬的植物相比于那些生长在降雪量较小地区的植物耐寒性更差的情况。在这一点上，高山植物也不例外。在降雪量较小的日光植物园地区，高山植物会用落叶代替积雪给自己保暖。

常绿高木

五针松科

五针松 松科松属常绿针叶树。日本的松树有两片叶的红松、黑松以及五片叶的五针松。降雪量较小的地区分布着姬小松,降雪量较为丰富的山脊地区分布着北五叶。北五叶的矮小版是矮松,它分布于海拔较高,风力较强的地区。北五叶和矮松的杂交品种为八甲山五叶。松科是特殊的常绿针叶树,只能在光照较为充足的环境中生长。

松科植物虽然属于常绿树，但在黑暗环境里生长的能力较弱，其原因还不得而知。但是松科植物确实有异于其他常绿树的能力，那就是抵御干燥的能力。因此，在干燥的山脊地区，松科植物是常胜将军。大多数情况下山脊地区光照较为充足，这也是松科植物多分布于山脊地区的重要原因之一。光照充足且气候干燥的山脊地区是松科植物的乐园，也可以认为这里就是松科植物的发源地。我这样写其实心里并不十分有底，这是因为我不仅不知道松科植物为什么在光照不足条件下生长能力较弱，而且对于它们为什么在干燥环境下生长能力较强这件事我也解释不清楚。

在五针松的生长地——降雪较为丰富的山脊一带，一般情况下同时生长着罗汉柏和桧罗汉柏。在降雪较为丰富的地区，无论是在光照不足条件下生存能力较强的，还是在光照充足条件下生存能力较强的，常绿针叶树一旦生长成为大树之后就只能在山脊处生长，在某种程度上可以说明这是其中的理由。首先，让我们一起来看一下常绿针叶树和雪的关系吧。

某一年的夏天，此前采摘于日光的冷杉幼苗被移植到了新泻县卷机山山麓。卷机山一带是日本有名的降雪量丰富的地区。有的幼苗被移植到坡度较缓的地方，而有的幼苗被移植到了坡度较陡的地方。在12月被冰雪覆盖之前，大多数幼苗都存活了下来，等到第二年雪融化之后再看，被移植到坡度较缓地方的幼苗全部顺利度过寒冬，而被移植到坡度较陡地方的幼苗大都香消玉殒了。这里发生雪崩的可能性不大，这些幼苗应该是被落下的积雪慢慢地连根拔起了。常绿针叶树冬天依旧长叶，因此应该抵挡不住积雪的冲击，这大概就是常绿针叶树无法在降雪量大的地区的陡坡上扎根生存的原因吧。

山脊地区即使有一定的倾斜，其上面的积雪也较为稳定。在北阿尔卑斯等有陡峭山脊的地方，即使山脊两侧发生雪崩，山脊上也会残留一些雪块，这些雪块被称作雪茸。这种稳定性为常绿针叶树的生存提供了保护伞，同时也给来到这里的登山家们吃了颗定心丸。

虽说如此，过于险峻的山脊也无法令人安心。谷川岳的一之仓泽就是个典型的例子，在这里，即使是在山脊一带也看不到五针松的身影。就连登山家在这里也必须做好心理和物质的充足准备。很多时候，要在不易发生雪崩的夜里通过危险地点，第43页的照片就是在刚刚登上山后拍的。可能也有当时是独身前往的原因，这张照片一直让我记忆深刻。

矮松可以很好地适应陡峭的地势和强风的环境。一般来讲，常绿树抵挡积雪冲击的能力不强，但由于矮松的树干是横向生长的，因此，比起树干直立伸展的五针松，在这里矮松更加有优势。由于较为矮小，在抵挡冬季风摧残上矮松也得天独厚。而且由于可以埋藏在积雪之下，矮松能够躲过席卷而来的冰碴的摧残。

常绿高木

福岛县只见町的五针松

奥穗高岳的矮松

其实，有一些不是松属的植物的名字里也会带有"松"字。例如，萨哈林冷松是松科杉属，鱼鳞松是属于松科云杉属的常绿针叶树。"松"这个字曾经也被用作针叶树的代名词了吧。

常绿高木

红松

红松 松科松属常绿针叶树。赤松。和五叶松相同，更适应光照充足的环境。沿海地区生长着黑色树皮的黑松，在内陆地区生长着红色树皮的红松。红松本来的生长地是岩山和岩山山脊。红松变成老木之后树皮会变黑。红松曾经被广泛人工种植，杉树、扁柏、红松被称为三大人工林。

拥有弯曲树干的红松很难被用作柱子，因此，大多数时候红松被用作房梁的原木材。由于每一根木材的长短、粗细、弯曲程度都不一样，是否能充分利用这些曲里拐弯的木材，就要看木匠的手艺了。但近些年来，这份手艺好像失传了，工厂对木材进行流水线加工，然后用作建造房屋的材料。这样做成本低廉且能确保产量。对此，虽然我觉得稍微有点失落，但用这种方法加工出来的木材，其隔热性和抗震性都比较有保证。

除了被用作房梁之外，红松还有其他用途。太平洋战争的末期，日本失掉了位于婆罗洲岛的油田地区，这就造成了日本飞机燃料的不足。为了解决这个难题，日本人尝试从松树的根部提炼一种叫做松根油的油。当时还是山行高中学生的我父亲还去了月山山脚下挖松树根。虽然，松根油最终也没能成为零式战斗机的燃料，但是松树根里所含有的充足油量使人们相信，这件事总有一天可以实现。将树叶扔到明火中，会发出像烟花一样噼里啪啦的声响。这个特征不仅是松树，很多针叶树都有。例如，扁柏的可燃性也很强。

拥有充足油分的红松开始被作为燃料使用，特别是在窑业等需要大量燃料的产业，红松被广泛使用。为了满足燃料需求，日本开始在全国范围内种植红松。红松和杉木、扁柏一起成为了日本三大人工林。

近年来，红松人工林急剧减少，但原因却并不只是需求量下降，而是一种被称为松枯的松木线虫病来势凶猛造成的。所谓松枯是指通过松天牛传播的松木线虫咬噬木材，吸取木材的水分，最终造成树木枯死的现象。松木线虫是从北美传播而来的，但在北美却没有造成像在日本如此大的灾害。

其实，导致松枯的病原体并不能持续保持强大的毒性，它在消灭毒性极强的寄生虫的同时，也会造成两败俱伤的后果。在北美，松木线虫和松树保持着较为稳固的关系，但在日本松木线虫在这方面处理得并不好。

我第一次见识松枯是高中去仓敷修学旅行的路上。坐在新干线上看到濑户内地区的群山被枯萎的红松覆盖着,那一刻,松枯和水俣病等公害一样,给我以强烈的震撼。这冥冥中影响了我后来的道路。

最近,又有机会去看看濑户内的群山。在高大的落叶阔叶树下,常绿阔叶树的幼苗茁壮成长。不久的将来,以常绿阔叶树为主的典型暖温带森林就会出现了吧。红松零零星星地生长于山脊一带。虽说也出现了松枯,但却再也没听到过红松灭绝之类的说法了。也许是因为红松数量减少之后,松天牛也很难发现红松了吧。山林恢复了稳定,自然界又流露出勃勃生机。

最后来介绍一下松茸吧。松茸是长在松科植物根部的根菌。它从松树中吸收有机物,为其生长提供源动力,再从土壤中吸收磷酸供给

常绿高木

日光市的濑户合峡的红松

松树。这种关系被称为互惠共生,但这并不是说松茸和松树就是互惠共生的关系。松树似乎并不喜欢松茸,总觉得它像是个偷偷尾随自己的跟踪狂。

常绿高木

锥栗

锥栗 壳斗科栗属常绿阔叶树。锥栗。从福岛县到冲绳的西表岛都有分布。尤其是在冲绳主岛,锥栗是最常见的树种。拍一张常绿阔叶树林的照片,会发现到处都有锥栗的身影。第53页那张照片中有20棵左右的锥栗,其他树种混杂其中。没有特征就是锥栗的特征。锥栗的橡子很美味。

提到锥栗,首先想到了橡子[1]的美味。锥栗虽然个头不大,却并不涩,多少带点甜味儿。一到秋天,东大医学部旁边的锥栗就会结果,掉落的橡子吸引来了鸽子、麻雀。只喂鸟儿太浪费了,于是学生们也捡些橡子来吃,没想到却体会到了一种意想之外的美味。

不仅是锥栗,山毛榉的果实也很美味。但枹栎和小叶青冈的橡子味道苦涩,难以下咽。为什么有的橡子难吃而有的橡子美味呢?人们对于橡子的味道应该抱有"中立"的态度吧,毕竟以橡子为主要食物的老鼠等动物对此也没有很挑剔。不易被吃且富有营养的橡子作为保存性食物被埋在地下。如果有一些

---

1 橡子:锥栗的果实。——编者注。

常绿高木

锥栗广泛分布的屋久岛常绿阔叶林

被掩埋者遗忘的保存性食物，这些橡子就会发芽、繁衍后代。

部分橡子难吃、发涩的原因是含有单宁（多酚）。单宁易与蛋白质结合，这使得消化酶很难分解蛋白质。附着在消化酶上的蛋白质的蠕动也会被进一步阻碍。这是蛋白质在"使坏"，似乎在对捕食对象叫嚣着"就算吃了我们，你也得不到营养"。没有成为别人口中之物的蛋白质大多数情况下含有单宁。蛋白质的这种小把戏是一种有效的防御策略，尤其是在防止成为昆虫的口中之物方面。

单宁的存在使得要研究植物的生物学者苦不堪言。如果想将细胞彻底破坏取出蛋白质的话，蛋白质就会附着在单宁之上，此时人们无法单独提取出蛋白质。因此，人们对蛋白质的研究集中在体内不含单宁的物种。菠菜就是这些物种的代表。但不得不注意的是，菠菜虽然不含单宁，但是含有草酸钙。草酸钙的晶体会扎在动物的舌头上从而降低动物的食欲。我们煮菠菜，就是为了去除草酸钙。

说个题外话，我们再说回到锥栗。锥栗一直到

常绿高木

位于日本最南端的西表岛都有分布。这里是亚热带，很少能看到落叶阔叶树的身影。在这里，树种大多为常绿阔叶树。这些常绿树都有什么性质呢？是否

用来固定东京大学红门的也是椎栗的木材

能在光照不足的林床中生长成大树？这个问题现在还没有答案。为了解决这个问题，研究在亚热带和暖温带占优势地位的锥栗是条捷径。近几年，我们在冲绳的野外设立观察点，跟踪观察锥栗的成长过程。

樟树

樟树 樟科肉桂属常绿阔叶树。据说原产地为中国,何时传入日本的不明。虽然是常绿树,一枚树叶的寿命为整整一年,第二年春天树叶脱落,会有新的树叶更替。树叶如其他常绿阔叶树一样比较薄,生长速度较快。曾经用来制作防虫剂的樟脑。

动画片《龙猫》里出现过一棵巨大的常绿阔叶树，那棵树就是樟树。我在美国看英文版的《龙猫》时，主演草壁将这棵树称作"Camphor Tree"，"Camphor"是樟树的英文名，意思就是樟树（樟脑）。是的，樟树是一种含有樟脑液的树种，樟脑液是樟脑药丸的成分。

樟脑液是一种学名为三甲基二环庚烷酮的化学物质。只听这个名字完全不明白这是什么东西，但是由它制成的防虫剂和强心剂谁都知道。人们将樟脑液这样并不是所有生物必备的产物称为二次代谢产物。大多数植物二次代谢产物存在的意义是防止自己成为别人的口中之物，恐怕樟脑液也不例外。

植物主要有三个方法实现被食防御。第一个方法是在锥栗那一节提过的，利用单宁来减缓消化。第二个方法是利用樟脑这样的物质以毒攻毒。大多数植物的毒素被称作生物碱，生物碱是二次代谢产物的碱性物质总称。第三个方法是利用植物的物理硬度。寿命较长的常绿树树叶厚度厚、硬度大，这个特征的意义之一就是能够"对抗虫子的牙齿"。

大多数常绿树的叶片综合使用这三种方法。如果观察一下常绿树树叶，用手触摸一下，用牙咬一下，就会发现那叶子又硬又涩，而且很苦。苦涩是毒素的味道，对于有毒的物质，人类是能感受到它的苦涩的。但也不必过于担心，少量食用没有大碍。

植物的被食防御功能很强大，一般来说，其孕育出的有机物只有百分之几的部分会被吃掉。但是，有时会进化出能够打破这种防御屏障的生物。樟青凤蝶就成功地打破了樟树的防御屏障。禾本科植物将厚厚的硅酸覆盖在叶子上进行防御，通过进化长出牙齿的哺乳类便打破了这层屏障，但是，哺乳类动物的天堂并没有随之而出现。非洲的稀树草原是禾本科草原，斑马等动物的饲料也很充足，但是恶劣的干燥气候妨碍了草食性动物的繁衍增长。

再说回《龙猫》，电影中有这样一个场景：龙猫使得樟树在一夜之间长成了大树。值得注意的是，在电影中，樟树是通过树根延伸的方式进行生长的。作为导演要给观众留下视觉冲击，但是植物本身的生长方式并不是电影里所展示的那样。能够延伸生

日本的树木

长的是树枝和树根的前端,树根根部只可能变得粗壮。以宫崎骏导演为首的制作团队显然是知道这个常识的,却故意在电影中错误地展现出樟树的生长方式。不是我鸡蛋里挑骨头,我觉得我们有必要向孩子们说明正确的植物生长方式。我们也必须告诉孩子们植物长大是常年积累的结果。虽然自然界拥有强大的恢复能力,但是一旦被破坏需要几百年甚至几千年的时间才能复原。

有种说法是,樟树是由中国传入日本的。虽然真假无法考证,但许多樟

明治神宫的樟树

常绿高木

树科物种被人们认为是日本土生土长的物种。如暖温带常绿阔叶树的主要构成树种的红楠的落叶灌木钓樟。

常绿高木

小叶青冈

小叶青冈 山毛榉科柞木属常绿阔叶树。栎树科中除了小叶青冈外还有青冈、红栎、里白栎等。小叶青冈因木材略带白色而得名。在关东地区，小叶青冈是最常见的栎树。栎树科树木木材密度较大，因此硬度较大。可以用于制作刨子座儿和木刀。

从全国范围来看，小叶青冈是山毛榉科里的少数派。在常绿阔叶树中，小叶青冈具有能够在寒冷地区生长的特征。事实上，小叶青冈生长范围的北边边界线和以冷温带为生长范围的冷杉生长范围的南边边界线重合。我以小叶青冈和冷杉为研究对象，对常绿阔叶树和常绿针叶树分布范围的影响因素进行过研究。

常绿阔叶树和常绿针叶树有一个很大的区别在于冬天是否会发生栓塞。常绿针叶树为叶片输送水分的管道是细管胞，而作为被子植物的常绿阔叶树则是粗导管。粗导管的好处是能够顺畅地输送水分，但这仅限于夏天。冬天气温降到冰点以下，气泡会进入结冰的粗管道内部，就好像冰箱里面的冰一样。即使导管里的冰融化气泡也不会消失，这就影响了水在导管内的流动。这种现象叫做栓塞。对于冬天依然长叶的常绿阔叶树，能够引起水分不足的栓塞是致命的。而另一方面，气泡很难进入细管胞，所以常绿针叶林较多分布于寒带。

在不会结冰的环境当中，拥有导管的被子植物比拥有管胞的裸子植物能够吸收更多的水分。因此，在温暖的环境中，作为被子植物的常绿阔叶树的生长速度更快，作为裸子植物的常绿针叶树则会被淘汰。这就是常绿阔叶树为什么在温暖地区占有优势地位的原因。

中生代以来，常绿针叶树渐渐被常绿阔叶林逼上绝境。但是，常绿针叶树能够避免栓塞，因此可以在寒冷地区安身立命。这只是常绿树的情况，落叶树并不是这样。它们冬季不长叶，即使发生栓塞也不会有什么影响。这对与之竞争的落叶性裸子植物来说是不利的，因此现在裸子植物基本已经灭绝了，唯一存活下来的是后面会提到的落叶松。

小叶青冈分布于太平洋一侧的内陆，在这里，冬季的最低气温很容易下降，这和后面要讲的放射冷却有关。地球摄入的能量和放射出的能量基本保持平衡，从太阳吸收的光能会以光的伙伴——红外线的形式放射出去，吸收的光能和放射出的光能能量守恒。放射冷却是指红外线从地球放射出去，造成的温度下降的现象。空气中水蒸气较少的情况下，红外线会毫

日本的树木

无阻碍地放射到宇宙空间。在干燥的太平洋内陆地区，红外线很难被吸收，这会带来很强的放射冷却，因此，太平洋内陆地区夜间温度很低。

小叶青冈具有很强的耐低温性，因此，关东的人们将其用作防风林。我小时候，家里没有玻璃窗，冬天很冷，位于北侧和西侧的树篱必不可少。不久，家里安上了玻璃窗，我们终于从寒冷中摆脱出来，享受着阳光穿过玻璃窗带来的温暖。从那个时候开始，小叶青冈的使命就完成了，现在已经很少能看到小叶青冈防风林了。

东京大学

常绿高木

日本的树木

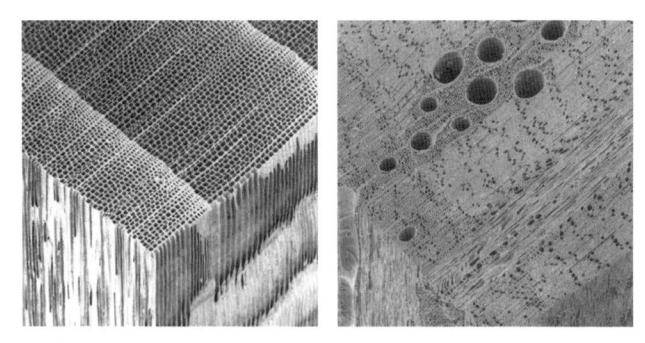

小叶青冈的木材（右）和橡树的木材（左）

常绿高木

榕树

榕树 桑科无花果属常绿阔叶树。依靠以其果实为食的动物传播种子。树木分枝的地方积留着水和落叶,这里成为了榕树发芽的乐园。发芽之后榕树长出了能够延伸到地面的气根。此后,气根纵横两向生长,因此,被榕树缠绕住的树木难以肥大生长而最终枯死。因此,榕树得名绞杀树。

我已经连续负责在屋久岛进行的学生实习十几年了。之所以选择屋久岛，是因为这里保存着尚未被破坏的从暖温带到冷温带植被的原生林。在暖温带的常绿阔叶树林里进行的实习，在学生们爬上榕树顶的时候被推向了高潮。榕树的气根在树干上编织了一个大网。有了这个如梯子一样的大网，谁都能爬到被称为树冠的树木最顶端。

我们爬到了此前一直被认为是榕树发芽的地方，原本应该是宿主的树干的地方却是一个大空洞。向空洞里望去，看到榕树新的气根向下延伸而去。之所以形成空洞是因为枯死的宿主树干被腐朽菌腐蚀殆尽了。原本应该在树干上展开生长的宿主的树枝被腐蚀殆尽，而在那里接受到充分光照的榕树树枝却生长开来。

看到榕树这样的生长方式，学生

常绿高木

屋久岛的常绿阔叶树林中的巨大的榕树

们惊异于它的智慧。但是他们也必须知道，在那之前大部分榕树已经死去了。榕树的果实和无花果的大小差不多，它主要依靠将其作为食物的动物来进行种子传播。最初的阻碍在于，被包裹在粪便中的种子是否能够撒落在树木上，这个的命中率应该很低。即使能准确地撒落在树木上，撒落的地点也会成为一个问题。已经成为空洞的地方不会有水分和有机物聚集，在那里，榕树种子也无法生长。此外，如果这个地点较低的话，即使将宿主的树干绞死，种子也无法接受到充足的光照；相反，如果撒落地点较高的话，气根无法到达地面。这种借人之便、为己谋利的生存方法也使得榕树历尽千辛万苦。

我们时常能在榕树上和来吃榕树果实的野生猴偶遇。很长一段时间里，我都相信，野生猴和榕树是互利共生的关系。直到有一次我看到一只野生猴为了吃杨梅而将榕树树枝折断，这才意识到自己是多么愚蠢。虽然野生猴能帮助榕树传播种子，但是它折断树枝的行为对榕树来讲绝不算友好。

榕树枝头所结的小小的红色果实原本是为了供鸟类所食进化而来的。对于鸟类而言，红色意味着果实，

空洞化的气根

而且鸟类身体较轻，不会压断树枝。破坏了这种亲密关系的是我们灵长类。哺乳类动物原本无法辨别红色和绿色，但几千万年之前灵长类的突然变异使得我们可以辨别出红色。因此，灵长类开始染指原本只供鸟类食用的果实，由于体积过大，灵长类一般都是将树枝压断后才能吃到果实。在西南诸岛范围内，只有屋久岛有日本猴生存。没有猴子生存的其他的岛屿上的榕树或许比较幸运。

日本的树木

吃杨梅的野生猴子（上）和榕树的果实（下）

落叶高木

山毛榉

山毛榉 榉科榉属落叶阔叶树。日本温带代表性的落叶乔木。山毛榉以日本海为中心进行分布,日本山毛榉多分布于太平洋一侧。现在,有很多只有山毛榉的纯山毛榉树林,但是在山毛榉树林的更新上有许多疑点。山毛榉幼苗无法在山毛榉林床上健康生长,因此,几乎不可能从上一代山毛榉林长出新的幼苗。纯山毛榉树林可能是江户时代采伐而成的。

某年的四月，我去群马县赤城山的时候在山顶遇到了一群从秋田县大馆来的中年女性登山爱好者。秋田的山区降雪量很大，因此，从冬天到春天的这段时间里，秋田的人们只能攀登降雪量较小的太平洋一侧的山。

"山毛榉是什么时候变得这么高端的？"

"杉树应该更高端吧？"

虽然她们的谈话中夹杂着浓厚的秋田口音，但我还是听出来了大概。山毛榉是从什么时候开始变得这么高端的呢？大概是40年前左右吧。

"Buna[1]"的汉字写作"山毛榉"，是"叶子上长满毛的长在山上的榉树"的意思，这个名字并没有体现出人类和山毛榉之间的关系。用"橅"字代表山毛榉大概更加贴切吧，如其字面意思所述，山毛榉是"没有价值的树"。它只能用于制作玩具和勺子等东西，很少用作柱子和家具。山毛榉难以加工且耐用性不强，作为木炭耐烧性不高，难以卖出高价。因此，山

1　Buna：山毛榉的日语读音。——编者注。

落叶高木

毛榉一直被当做"杂木",不过在被定义为人类自然保护的代表作后变得高端起来了。

我读中学的时候山毛榉变得高端起来,那时候,我在院子里种了一株山毛榉的幼苗。我一生中,只观察过两种树木,除了山毛榉之外,我就只观察过白桦的生长过程。据说山毛榉的寿命有300年之久,当然,我也活不了300年。但是被种植在平地的山毛榉的寿命也就是30年左右,枯死的原因多是昆虫腐蚀树干。白桦同样面临这个问题,因此只有15年的寿命。以寒冷地带为大本营的山毛榉和白桦始终无法向气候较为温暖的地区进军的原因,大概也是因为害虫对于木材的咬噬和蹂躏吧。但是,由于观察案例太少,我对此不敢确定。

如今,山毛榉人气很高,山毛榉树林的魅力之一在于其充足的光照。只是在山毛榉树林里开辟出来的登山道路上徜徉一下,就能充分感受到拥有充足光照的山毛榉树林的开阔感。这和生长在温暖地带的常绿阔叶树林,生长在寒冷地带的常绿针叶树林以及杉树林、扁柏树林的昏暗都形成了鲜明的对比。但是在这一片明亮中也潜伏着陷阱,小竹子和灌木等在光照充足的林床中生长。因此，如果偏离了登山道路的话，大多数情况下等待你的，都是需要披荆斩棘的地狱。相比之下，大多常绿针叶树的荆棘跨越起来要容易得多。由于光照过少，常绿针叶树树下很少有草木生长。

即使山毛榉树林的林床中没有其他植物生长，山毛榉幼苗也无法在此生长。能供山毛榉幼苗生长的地区是滑坡之后形成的，或者桧罗汉柏或杉树倒下后形成的光照充足，但没什么植物生长的空隙地带。

不过，众多竞争选手对于这一片地带也是虎视眈眈，山茱萸、七叶树、日本厚朴、连香树等落叶乔木的生长速度远快于山毛榉。如果这些落叶树能在这片空隙中发芽成长的话，山毛榉便会失去生长乐园。山毛榉在光照充足的环境中也不过是草草地生

落叶高木

福岛县要害山的山毛榉林

长，在光照不足环境中的生长能力更弱，那么它本来的生长环境到底是怎样的呢？这会成为我们今后一段时间的研究课题。在现实情况中，生长速度较快的其他落叶树的数量远少于山毛榉，出现这种现象的原因也不得而知。包括山毛榉在内的落叶乔木的生存战略也是个很值得研究的课题。

每几年会出现这样一个现象：很大范围内的所有山毛榉会同时开花。出现同时开花的不仅山毛榉一种植物，在白藜芦等草木和一些热带树木之类的植物身上都发生过这种现象。关于树木同时开花的原因和意义等有许多说法。热带的许多物种会一起开花，这大概是以某种物理环境的变化为开端的。在温带地区，没有发生过所有物种一起开花的现象。现实情况中，生长在同一地区的桴栎和山毛榉并不会完全同步开花。在温带，物理环境变化的开端不止一个，事实上，要查明引起温带物种开花的这种物理性开端有些困难。

想要查明植物同时开花的原因很困难，与此相对应地，查明这种现象的意义也并不简单。最为简单的一个假说是，如果不同步开花的话就无法获得其他个体的

落叶高木

花粉，不利于繁殖。但这种假说稍显武断，像山毛榉这样个体数量很多的物种，仅有 10% 的个体开花，所提供的花粉量也是足够的。在这种情况下即使不同步开花也没有问题，但是，现实是山毛榉仍然会同步开花。

下面我来介绍一下一种较为可信的说法——捕食

福岛县要害山山毛榉林

者饱食假说。除了同时开花的年份之外,也会有些年份仅有极少数的个体开花。在只有极少数个体开花的年份里,山毛榉的果实几乎全部被虫子咬食,于是出现了许多只有壳和里面无籽的秕谷。与之相反,同时开花的年份里所结的果实大多内含种子。捕食者饱食假说是指,由于有了不开花的年份,以山毛榉果实为食的捕食者数量减少,到了山毛榉开花的年份,所结的果实便不会全部被捕食者吃光,种子的生存率就会变高,这是相对较有说服力的一种说法。

最后,我来介绍一下日本山毛榉。日本海一侧生长着的毛榉树皮发白,因此被称为白榉。与此相对应地,生长于太平洋一侧的山毛榉树皮发黑,被称为黑榉。日本山毛榉的树根上会分出许多嫩芽,因此日本山毛榉有可能分出好几棵树干。从生物学角度看,山毛榉和日本山毛榉并无优劣之分,只是单纯因为要适应环境而产生了不同的生长模式。但是,又黑又杂乱的树皮,在又白又光滑的树皮面前必然会相形见绌。因此,与山毛榉不同,日本山毛榉并不太受欢迎。也许"一白遮三丑"对日本人来说是不变的真理吧。

落叶高木

桲栎科

桲栎 山毛榉科栎属落叶阔叶树。桲栎分布于平原,椑栎分布于高海拔地区。桲栎和椑栎都属于乔木。桲栎的树叶有叶柄,椑栎的树叶无叶柄。山岳地带的山脊线和雪崩频发的斜面上分布着名为深山栎的落叶灌木,深山栎从遗传角度看来与椑栎非常相近。这种树没有山茱萸和日本厚朴生长速度快,而且在光照不足的林床中难以生长。桲栎与山毛榉一样,其生存战略有许多不明之处。

073

许多草本植物的种子寿命很长,在长达几十年的时间里,它们都作为休眠种子静静等待着发芽的机会。这些种子所期待的是树木倒落以后形成的光照充足的环境。另一方面,树木的种子寿命较短,大多数种子会在结果后的第二年发芽。对于树木来说,种子播散的环境一般较为适宜,所以无需历经多年等待发芽的机会。

对于会结橡子的山毛榉科的树木来说,秋天结果的橡子会在第二年春天发芽,但是有许多橡子活不过这半年。某一年的春天,我打算以小叶青冈为模本进行实验,于是去了我比较熟悉土地情况的关东地区的神社收集橡子。不出所料,在小叶青冈的树根处,散落着大量的落下的橡子。本想着让它们发芽,但是却怎么也不见有反应。后来把橡子切开一看,感觉

落叶高木

关东地区有许多从低地到丘陵的枹栎林

它们已经死掉了。之所以会死掉，是因为小叶青冈的橡子无法忍受关东地区的干燥气候。

为了战胜寒冬，枹栎所采用的生存战略很独特。秋天落下的橡子马上生根，这样在冬天就不会因干燥而死了。生存于降雪量较多地区的山毛榉和桴栎无法生根，但雪会守护它们免受干燥的危害。分布于降雪量较少地区的小叶青冈的橡子大概是利用动物将其埋在土里的方式过冬的。

枹栎橡子的根能延伸到哪里呢？按照高中教科书上的说法，能够延伸到土壤很深处，由于重力趋性，根会向重力作用的方向延伸。的确，刚刚发芽的根是向下方延伸的，但是，成长为大树的树根分布在土壤的浅层部分。不仅是枹栎，日本产的树木，根基本上都分布于不深于30厘米的土壤层。

出现这种现象大概是便于吸收营养的缘故吧。刨开土壤会发现，表层部分的土壤是黑色的，深层部分的土壤是褐色的。黑色部分的土壤里含有大量被称为腐植的有机物。在这层土壤里生存着许多霉一类的菌类和细菌类微生物，这些微生物将有机物分解成无机

落叶高木

有叶柄的枹栎（上）和没有叶柄的柞栎（下）

物。这个过程中产生的无机氮是植物生长过程中必不可少的养分，根为了吸收无机氮素，就会集中于地表的黑色土壤层。

为什么无机氮对植物这么重要呢？这是由于无机氮是蛋白质的重要组成部分。也许大家会产生这样的疑问："植物里有蛋白质吗？"地球上存量最大的蛋白质是植物体内一种被称为加氧酶[1]的蛋白质。加氧酶是和光合作用有关的蛋白质，说得极端一点，树根吸收氮就是为了生成这种蛋白质。

1　加氧酶：RuBisCo。——编者注。

榉树

榉树 榆科榉属落叶阔叶树。能够生产落叶阔叶树中利用价值最高的木材。其中的一个原因便是聚集的粗导管形成的精美的木纹。人们在山中几乎看不到榉树,可能是因其实用性,被砍伐殆尽了吧。

榉树是落叶树中唯一可以被用作结构性木材（柱子）的树种。榉树的木纹尤其精美。川崎的日本民家园中有全榉树打造的老房子，如今再建造这样的"豪宅"的话不知道要花费几个亿。我虽然买不起榉树建造的房子，但还是可以买点榉木做的小玩意儿的，比如，之前买了一个榉树制成的捣子。这是我们家的第二个榉木造的捣子，第一个是已经过世的祖母结婚时买的，据说用了八十几年。由于第一个捣子过于老旧了，所以最近买了个新的。虽然榉木捣子价值高，但毕竟之前旧的已经供好几代人使用了，所以算是性价比很高了吧。但问题是用它打糕的技术并没有很好地传承给孩子们。

我从孩提时代开始就喜欢种植植物，但照顾它们从幼苗长到大树的

落叶高木

如果只有一棵树的话可以很明显地看出榉树的特征

只有榉树、山毛榉和白桦三种。榉树是中学时代从朋友家移植来的一株娇弱的小苗长成的。那虽然是棵榉树，但一到秋天，树叶就会被"染红"，曾经有园艺工作者提出要买下这株榉树。虽然对方出了个不错的价钱，但我对这株榉树有着特殊的感情，于是郑重地拒绝了。从那之后，小树快速成长，甚至都长到影响邻居正常生活的高度了，我只能将它寄存在家附近的公园里，我经常去看望它，每次觉得小树又长高了便会洋洋自得一阵。

我种的榉树的最大卖点是红叶，但精美的木纹是一般榉树最突出的特征。仔细观察榉树木纹的话，会发现木纹中有很大的孔洞，这是疏通水分的导管。人们将榉树这样拥有粗导管的物质叫做管孔材。粗导管出现于肥大成长开端的早春时节，之后出现的是细导管和纤维。就是这些粗导管造就了榉树精美的木纹。除了榉树之外，柠栎等树种也可以成为管孔材。有的树种的木纹观察不到，这是由于这棵树只分布有细导管。这种树种被称为散孔材。山毛榉和槭树都属于散孔材。

落叶高木

有榉木木纹的盘子

　　杉树和扁柏等针叶树拥有超细导管，因此没有由管孔材粗导管孕育而出的木纹。但是，针叶树会在全年肥大成长的末期产生颜色较重的木材（晚材），所以其木纹可以被观察到。与之对应的是早春时期产生的木材，这种木材被称为早材。

　　榉树经常被用作街边树，因此人们经常能在街道上看到榉树。但是，我们能看到野生榉树的机会并不多。我第一次看到野生榉树是学生时代，在谷川岳的山脚下看到的。野生榉树大多会因其实用性而被砍伐，因此人们几乎看不到野生榉树。

  第一次看到野生榉树的时候我感到十分震惊，因为野生榉树的树形和我之前在街道上看到的榉树树形差异很大。被栽种的榉树无需与其他个体进行竞争，因此，这些榉树都像本节首页照片中展示的那样，拥有球形树冠。但成长于森林之中的野生榉树面临着激烈的竞争，因此，它们的树冠都是笤帚形状的。有一种叫做"帚立"的榉树盆栽，模仿的就是自然界中榉树的模样。喜欢盆栽的人的确是有很强的自然观察力。

落叶高木

槭树科

槭树　无患子科槭属落叶阔叶树。以前属槭科，随着生物系统学的发展，被划归为无患子科。与色木槭、红叶一样，乔木树种较多，也有从身形较小的树种繁殖而来，具有灌木性质的树种。

日光的红叶很美，但说真心话，我认为还是不如京都的美。京都除了种植有色泽较好的园艺品种，还有一个优势——红叶的大敌——是零度以下的寒流几乎不会出现。落叶树的树叶抗寒能力较弱，树叶变红之前如果寒流来袭的话，就会变黑、坏死，红叶也就不会出现了。每过几年日光的红叶就会经历一次这样的遗憾。

一般说来，红叶的主角是槭树（日语中同momiji）。赏红叶的日语读音为"momijigari"，由此可见槭树是赏枫活动中十分重要的角色。少有槭树分布的欧洲的秋天是褐色系的，相比之下，北美大陆北部的红叶异常美丽。这么说来，加拿大国旗上的枫叶应该就是红叶吧。

根据树种不同，叶子秋天可能会变成红色或者黄色。此外，叶子的颜色也会受到阳光强弱的影响。无论哪种情况，叶子对植物来说都是重要的组成部分。在叶片褪去绿色这点上也都是一样的。红色和黄叶的形成，是它们从叶片中回收可供其循环的蛋白质等物质的结果。绿色的源头——叶绿素被分解后回收至枝头，因此树叶的颜色由绿色变为红色或者黄色。

红叶在变成鲜红色之前会有一段短暂的时期呈现出紫色或者说褐色的阶段。这是由于绿色树叶表面形成了一种叫做花青苷的红色色素。这个阶段，树叶颜色处于绿色、红色混杂，且略带紫色的褐色阶段。看到偏褐色的树叶，人们会有"今年的红叶好奇怪"的想法。这之后不久叶绿素便会被分解，树叶随之变成红色。对于会出现花青苷的原因，有好几种说法。

生物进化学的泰斗汉密尔顿在晚年时期曾经提出红叶自诩自身的生命力和防御能力很强，变红仿佛是为了挑衅说："吃不到我的。"但是这种说法明显不可信。因为，树叶变红时，作为营养的蛋白质已经被全部回收了，即使吃了也不会有什么作用。再者，如果变红就可以逃避被吃掉的命运的话，那么所有的树叶都会拼命变红。但事实上，仍然有许多黄色叶子存在。除此之外还有一种说法——树根一旦离层，树叶产生的糖分便无处可去，因此形成了花青苷。这种说法恐怕也要被推翻了。红叶时期，树叶中一旦形成花青苷，蛋白质便会被分解、回收。这就意味着，形成花青苷的时候，树叶和树枝之间可以进行充分的物质交换。所以糖分是有去处的。

最后一种说法是，"回收蛋白质的时候，树叶对强光的抵抗能力变弱，因此戴上了防止强光射入的太阳镜"。同样地，确定这种说法的准确性也是有困难的。红叶植物的叶片表层会产生花青苷，因此在红叶时期，我决定让红叶植物的内侧沐浴在阳光之下，对其进行观察。如果这时候细胞功能丧失，蛋白质回收迟缓的话，这种说法就变得很有说服力。于是，我扭下一株金丝梅的树枝，让树枝从内侧开始接受光照。结果，这次是接受光照的树叶内侧出现了红色素。研究所成员的一句"植物比老师还要聪明哦"给我泼了一盆冷水，我感到十分沮丧。但是，这并不是一个完全没

落叶高木

高知县马路村鱼梁濑的槭树

有意义的实验，起码它证明了强光照射的地方会产生花青苷。

那么，变黄的树叶的存在有什么意义呢？有其他保护细胞不受强光伤害的方法，长黄叶的植物可能用的是这种方法吧。如果仔细观察黄叶的话会发现，并不只是绿色褪掉，大多数情况下能在表皮附近发现介于黄色和橘色之间的色素，一名做毕业研究的学生告诉了我这一点。我想这种色素是否也扮演着太阳镜的作用呢？于是测了一下穿透槭树树叶的光的强度。能够进行光合作用的绿叶为8%，红叶为12%，黄叶为33%。三者的吸收率分别为92%、88%和67%。光照是光合作用的原料，因此进行光合作用的绿叶必然吸收更好。红叶吸收也还可以，应该是被用作太阳镜了吧。黄色树叶的奋斗也卓有成效，遇到较弱的光照的话，大概也会被当做太阳镜使用吧。

槭树从槭树科被划归到了无患子科，对于此前熟悉植物分类系统的人来说，对这一点也感到很震惊吧。杉树从杉树科被划归到了扁柏，泡桐从玄参科独立出来成立了泡桐科。这是以DNA的碱基序列的类似

羽团扇枫树的枫叶

性为依据进行的生物分类。由此可以看出，分子系统学已经成为分类学的主流。要说分子系统学与碱基序列相似的是最近出现了树种分类，两者不同的是，分子系统学很久之前就对此进行了分类。

通过对碱基序列的分析，我们也可以明白日本人的历史。最近的研究表明，现在的日本人是1万多年以前来到日本列岛的绳纹人和大概3000年前经由朝鲜半岛而来的弥生人的混血。由于疑似绳纹人的祖先分布于整个东亚地区，因此，他们到底从哪里而来目前尚无定论。

通过基因进行分析之前，也有人意识到日本人的起源并非单一民族。艺术家冈本太郎就曾注意到日本文化构成的非单一性。他在东北地区进行采风旅行时，确认了日本文化是由高雅的京都文化和通俗文化共同构成的。其中，通俗的文化是指绳纹文化，高雅的文化是指弥生文化。冈本回忆起年轻时在巴黎索邦大学进修文化人类学时候的事情，更加确信这种说法并不单纯是直觉而已。冈本在晚年时期发表了名为"艺术即大爆炸"的演说，但这个演说被认作无稽之谈，冈本在这条路上也一直踽踽独行。我每次路过位于涩谷站前冈本太郎的大作《明日神话》的时候，都会对此感到十分惋惜。

落叶高木

大山樱花

大山樱花 蔷薇科樱属落叶阔叶树。在关东地区，生长于比山樱海拔更高的地方。土生土长于日本的樱花有10种左右。这些樱花品种可以进行杂交，因此可以用于制作很多园艺品种。染井吉野樱是大岛樱和高盆樱的杂交品种，通过嫁接技术繁殖开来。第105页的照片是新泻县卷机山山脚下的大山樱花，比山樱的粉色更深一些。

生长速度快且寿命较短是樱花的生存特征。短命的樱花幼苗时期就开花,十分壮美。几乎没有日本人不喜欢樱花。

就像谚语"桃栗三年柿八年"说的那样,没有树木在幼苗期就开花的。我曾经粗浅地接触过杉树,这里就简单介绍一下吧。植物有这样一个成长计划——它们会穷其一生多繁衍后代。这个成长计划在植物幼年期体现在它们拼尽全力尽快长大,长大以后便进入了繁殖阶段。因此,植物必然有不开花的幼年期。拥有较短寿命的生物,幼年期也较短;寿命较长的生物的幼年期自然较长。像樱花这种植物的寿命较短,幼年期也很短,所以早早便开花了。相比之下,像杉树一样寿命较长的植物幼年期也较长,很多杉树的幼

落叶高木

残雪映照的大山樱花

年期甚至长达几十年。

用庞特里亚金发明的被称作"最大原理"的数学手段能够最恰当而又清楚地解释植物一生的计划，但我们暂不对此进行深入研究。这种原理并不只是适用于植物，在动物身上同样奏效。

所有动物都拥有身体快速生长的幼年期，并且在某个时刻进入繁殖期。不单是个体，胡蜂群体的一生都有成长计划。顺利过冬的雌蜂王只有一只，但工蜂却在春天迅速变多、长大。而在秋天，雌蜂王只会产下下一年的雌蜂王以及和雌蜂王结婚的雄蜂，最终，上一年的雌蜂王和工蜂全部死亡，蜂群消失。每年一到秋天一定会有"胡蜂大繁殖"的新闻报道。这是理所当然的，因为蜂群是在秋天变得庞大并引人关注的。

关于胡蜂，我有一个忠告。在蜂群解散消失的冬天，很多等待着春天到来的新女王都藏在落叶下面过冬。因此在冬天也有被胡蜂蜇伤的危险。顺便提一下，仅仅作为精子供给者的雄蜂在和女王交配过后会立即死去。

落叶高木

　　植物的花粉相当于动物的精子,种子相当于动物的卵子和胎儿。大多樱花都会开花,但能结果、长出种子的樱花比例极低。能够结果的樱树至多占全部樱

柳树的新绿与大山樱交相辉映

树的 5% 左右。樱花既有产生花粉的雄蕊，也有产生种子的雌蕊，但是，大多数樱花，只有雄蕊能生长成为有功能的雄花。

落叶高木

山茱萸和四照花

山茱萸 山茱萸科山茱萸属落叶阔叶树。与山茱萸科的乔木连香树、日本厚朴、七叶树等一样是典型的阳树,开垦后的抛荒地为其原生地。四照花和美洲山茱萸也是山茱萸科的,上述植物都没有花朵,有的是树叶的变形总苞片,它们用这种方式告知来访的昆虫花的位置。

初春时节，折断一株山茱萸，会有水从山茱萸枝头啪嗒啪嗒滴下来，这是什么原因造成的呢？这里，我对两种植物吸水的方法进行一下介绍。

一种是利用树叶细胞具有的浸透压进行吸水，这是大多数植物采用的方法。这种方法，在树叶细胞变得十分饱满膨胀之后就无法吸水了。

另一种方法是利用根压进行吸水。其实，树根处没有压力，树根的细胞将导管和管胞中的离子和糖分释放出来以后，导管和管胞中的浸透压升高，土壤中的水分便会流入导管和管胞中。切开丝瓜的茎会发现有水溢出，这就是利用根压吸水的现象。加拿大的糖槭就是通过释放导管中的糖分进行吸水的，将糖槭的导管液进行浓缩便会得到槭糖浆。山茱萸也是通

落叶高木

树枝层状分布是山茱萸的特征

过同样的方法吸水的，只是从导管中释放的物质恐怕是无机离子。

关于植物吸水的方法，我将知道的都记录下来了，但仍有许多谜团存在。从物理学的角度来说，向上吸水的高度最高只能到达 10 米，但是却有植物能将水分输送到 100 多米的树木顶端。这种植物就是生长在美国西海岸的红杉。红杉几乎没有根压，但是却能吸水，这和物理学理论是冲突的。

我们来分别看一下山茱萸科的四照花和美国四照花的花朵。白色的部分不是花瓣，而是由树叶变形而来的总胞片。总胞片和普通花瓣一样会吸引昆虫前来。和山茱萸科近似的手帕树也是这样，总胞片和树叶的大小差不多。

落叶高木

山茱萸花（上）与美国四照花（下）

日本的树木

手帕树

落叶高木

连香树

连香树 连香树科连香树属落叶阔叶树。近缘物种阔叶连香树分布于比连香树海拔更高的地区。连香树科植物在光照充足的开垦后的抛荒地迅速生长。与它性质相同的物种有山茱萸、日本厚朴、七叶树等各种各样的桦木科树木。

连香树的树叶会散发出焦糖的气味，这种气味预示着秋天的到来。这一节，我们不介绍植物，而是对落叶的分解、再生之旅进行一下介绍。

在日本，落叶的重量一年中有一段时间会减少一半左右，这是由于落叶被生活在土地里的菌类（霉）和细菌类分解了。香菇和灰树花等都是能分解落叶的菌类。土壤当中有大量微生物，其数量之大令人咋舌。每平方米中微生物的量，也就是有机物的量能达到 200 克。这些活跃状态的微生物能把一升牛奶压缩到一杯的量。听到这些，人们会认为"土壤里好脏啊"。但是，土壤中的大多数物质对人体是无害的，它们分解落叶，并将剩余的氮和磷以无机物的形式输送到土壤中去。植物吸收这些营养再利用它们形成植物体。这种循环在陆地上已经持续 4 亿年之久了。

这个循环衔接得十分紧密，土壤微生物所产生的无机氮瞬间被植物的根所吸收，因此几乎不会有地下水渗出。植物被砍伐的时候，未被吸收的氮融入地下水中，相应的，河流水的氮浓度会一下升高。

前面只说微生物了，下面来介绍一下动物吧。在陆地生态系统里，动物的量远小于微生物的量。即使把从哺乳类到蚯蚓的动物全部算上，每平方米动物的有机物数量仍在 10 克以下。如果只算哺乳类的话，大概每平方米只有几毫克的量，与微生物一比，算得上沧海一粟的水平了。动物数量稀少，主要因为作为饵料的植物努力不成为别人口中之物的防御性的增强。因此，很少能见到野生哺乳类。

植物的量有多少呢？森林中每平方米植物的量能达到 20 千克左右。陆地生态系统的生物量排序如下：植物＞微生物＞动物。虽说如此大量的植物未被利用是一种浪费，但发达国家也已使用了大量的能源。工程学专业的学生告诉我，如果日本制铁业全部采用树木当做燃料，将使山在很短的时间内变成秃山。拥有 70 亿人口的地球不太可能保证每个人都可以享受资源丰富的生活。

既然写到这里了，我也来介绍一下海洋生态系统。在海洋中进行光合作用的是小体积的植物浮游生物。浮游生物体积变大的话就会急速沉入海底，因此只有保持较小的体积才能生存。植物浮游生物很容易被捕获成为饵料,因此鱼类等生物才能在海洋中生生不息。所以海上才会出现渔民这个职业。与此相比,在动物数量较小的陆地,猎人基本上都是兼职,大多数猎人的真正职业是农民。

落叶高木

新绿的连香树

日本的树木

朴树的花（上）与橡树的花（下）

落叶高木

刺槐

刺槐 豆科刺槐属落叶阔叶树。原产于北美,于明治时代传入日本。与根瘤菌共生、固氮,因此在氮元素较少的缺乏营养的荒地依然可以生长。为防止被荒废的河槽用地水土流失可以种植刺槐。日本生产的蜂蜜,大都以刺槐的蜜为原料。

最近，对外来物种的评价很低，因为人们认为"外来物种破坏了生态系统"。但外来物种并没有破坏全部生态系统。虽说外来物种可能改变了构成生态群落的种类，但生态系统中的物质循环和能量交换并没有被改变。其实最凶猛的外来物种就是我们人类，我们拥有摧毁整个生态系统的能力。刺槐它们是很可爱的植物。

刺槐在河槽用地势力激增是因为本地的树木没有在河槽进行固氮。河槽用地是重新积聚火山灰的地方，滑坡地区的土壤几乎不含有机物。这种地带的微生物无法把有机物转化成无机氮，植物会陷入氮极端不足的情况。这对于能将空气中的氮转化为氨的固氮植物是有利的。在河槽用地这种植物就是刺槐。

以上看法是一般性见解，这个见解基本上是正确的。但研究一下会发现，还有许多例外情况。在富士山和伊豆大岛这种积累火山灰的营养贫乏地区，最初扎根的却是不能进行固氮的虎杖等蓼科植物。此后，芒草等物种加入。最早加入的固氮植物是白桦科的赤杨，但是它也是在虎杖等植物扎根之后才出现的。赤杨是固氮植物，却不是最早出现在火山灰积累的地区。其原因到现在还不得而知，可能是因为火山灰中少有能够派上用场的磷酸。有这样一种说法，相比于氮，磷酸更能限制植物的生长，只是这种说法并没有被印证。

一到刺槐花期，我们从大老远就能闻到花朵的香甜气息。刺槐是通过香甜的气味招引昆虫的。这种香甜的气味来自哪里呢？糖分没有甜味，因此这种气味应该来自于其他物质。昆虫通过本能识别出散发这种气味的地方有糖分。可能人类也具备这种本能，也可以学习识别出代表香甜的气味。

仔细观察的话，你会惊奇地发现刺槐的花朵和新芽上面有蚜虫。这是刺槐特有的刺槐蚜虫。也许人们会担心这种蚜虫会不会伤害刺槐。答案是不必担心，在野外，像这样的寄生虫不会放肆，它们不会对植物造成太大的损害，以保证它们自身也能生存下去，这样寄生虫自己也能完成进化，这种现象被称为偏利共生。人体中的寄生虫同样较为稳定，它们也可以叫做偏利共生虫吧。

蚜虫用其刺针扎入植物体内负责输送有机物的筛管，通过这种方式来获取有机物。但植物的筛管液和蚜虫的要求稍有偏差。筛管液中的主要成分是糖分，但是蚜虫需要的则是能供应其生长的蛋白质的主要成分——氨基酸。蚜虫吸入筛管液后将对它没有用途的糖分从屁股排出体外，此排出液被称为甘露。花期时，站在刺槐树下能看到有甘露滴下。我一度想尝一尝甘露的味道，但遗憾的是最终也没有这个胆量。毕竟，那是从蚜虫屁股里排出的东西！

刺槐多位于河床的中流

落叶高木

落叶松

落叶松 松科落叶松属落叶针叶树。像落叶松这样的落叶性针叶树,只能在寒冷、干燥的极端恶劣的环境下生存下去。日本的落叶松林大半都是人工林,这些人工林出产的木材用于制作木桩。天然落叶松可以在温带和寒温带的山脊线等地看到。

北原白秋的《落叶松》作于轻井泽。这篇文章常被收录在教科书中，因此开头的第一句话让人耳熟能详，但我却对后一半的几句印象更为深刻。

走出落叶松的树林

猛然于浅间山上站住

猛然于浅间山上站住

于落叶松及树之高处

后页的照片是浅间山天然落叶松林和岳桦林，但轻井泽的落叶松林大多是人工林。白秋看到的落叶松恐怕也是人工林。为什么人们一直以来偏爱种植落叶松呢？这是因为落叶松可以在杉树和扁柏生存不了的寒冷地带生存下去。据说，这些人工种植的落叶松曾经被用作木桩。现在人们已经不需要木桩了，落叶松林也成为负担了。

落叶高木

浅间山山腹的落叶松及白桦林

近几十年全国范围内鹿的数量猛增，随之而来的就是食害[1]问题的出现。落叶松人造林便是这种食害的原因之一。大多数鹿食用竹叶，在光照不足的原生林林床，几乎没有鹿的饲料——竹子的存在，因此，原本鹿的数量很少。在光照充足的落叶松人造林林床中，竹子极易繁殖生长。有了这些食物，鹿也开始繁衍。可以说人类的活动导致了鹿数量的增加。

像落叶松这样的落叶针叶树原本几乎不存在，这是因为它们和落叶阔叶树竞争的失败。常绿阔叶树细胞内的冰会融化，因此它们必然面临着栓塞，所以常绿阔叶树无法进军到寒冷地带。落叶阔叶树的叶子在冬天会脱落，因此对于落叶阔叶树来说，栓塞并不是决定它们生死的重要因素。落叶阔叶树在寒冷地带可以顺利生长，而且，拥有导管的它们相比于落叶针叶树生长速度更快。

日本落叶松生长的地方很有限，大多为火山喷发后的遗迹处。这是因为野生落叶树对缺乏营养的环

---

1 食害：指虫或鸟兽咬食破坏植物。——编者注。

落叶高木

日光植物园的落叶松（上）及歪鸟笼传感器（下）

境适应力很强。另外，西伯利亚地区有许多落叶松树种，从这一点也能看出：落叶松的抗寒能力很强。落叶松进化成上述能力的原因不得而知，但拥有了这种能力的落叶松能够避免与落叶阔叶树竞争的命运。

落叶松是日光植物园的象征树。曾经有人问我，这种落叶松能抵挡多大的风速呢？工作人员给落叶松装上了28个名为歪鸟笼的传感器，持续一年测量作用于树干上的风力。结果表明，健壮的单棵树可以抵挡每秒80米的强风。只有树干内部已经被腐蚀或者是因紧密种植而疯长的树木才会在强风中折断。

落叶高木

银杏

银杏 银杏科银杏属的落叶乔木。裸子植物，与针叶树相近。与同为落叶针叶树的白桦不同，白桦由于能够适应严酷的生存环境，存活至今，而银杏只是由于在与世隔绝的环境下，才偶然留存至今。是接近化石的植物。日本本土的银杏，约100万年前就已经灭绝。

银杏虽有着扁平的叶子，但却与针叶树一样，属于裸子植物。它是真实的活化石。与银杏同为落叶裸子植物的白桦，由于能够适应残酷的生存环境，存续至今。可是银杏却没有这样的特殊能力，所以只能被被子植物落叶阔叶树木淘汰。它能在中国的偏远山区留存下来，纯属偶然。这样来看，东京大学把银杏作为校徽，真是不合适——作为一所肩负着开拓未来的责任的大学，如果是个活化石，那可就麻烦了。不过，还好，在本书执笔之时，东京大学的行动方针上，写的是："活用知识之林，成为全球知识的据点。"这个说法，我还比较认同。

日本本土的银杏，大约一百万年前就灭绝了。银杏再次被引入日本，据说是在室町时代。那么公晓躲在鹤岗八幡宫的银杏树后，刺杀源实朝的传说就是不可能的了。如果银杏更早被引进日本的话，那树也不可能活到今天了。作为落叶树的银杏的寿命没有那么长。小石川植物园里有一棵据说有300年树龄的大银杏，它的树干已经开始腐朽了。可推知，银杏的寿命大约也就400来年。不过，公晓当年到底是不是躲在银杏树后面，倒不是什么重要问题。重要的是，源实朝被公晓暗杀，导致源氏一族断了香火。大家就把银杏的传说当个乐子听吧。

银杏是雌雄异株植物。花粉飞到雌树上，便会释放精子，精子自己会运动。发现这种精子的是小石川植物园的画工平濑作五郎。发现植物有精子这事儿，就已经够有意思的了，何况还有雌雄树之分。

定义雄株、雌株非常难。如果让我来定义的话，只能说，雄株只给后代基因，雌株却给予后代基因+资源。比如对动物来说，雌性给后代的资源，就是卵细胞的，对植物来说，就是种子。并没有很多植物雌雄异株，所以，可以把产生花粉的器官，称作雄性生殖器官，产生种子的器官称作雌性生殖器官。

植物与动物的雌雄是各自独立进化的。当生物还不分雌雄的单细胞生物时，动物和植物的祖先就已经分开了。之后，动物和植物分别进化为不同的多细胞生物。由此看来，多细胞生物所特有的性别分化是植物与动物各自分别进行的。但有意思的是，本应该是分别进化的动植物的性别分化却不约而同地，都是一方只遗传基因，另一方除了基因，生存资源也遗传给后代。而且，更有意思的是，动物和植物，雄雌的比例都是1:1。这可以理解为是一种互补，我接下来会谈到。

假设，本来所有的生物都是不光遗传基因，也会遗传生存资源的雌性。某个时刻开始，出现了一个拒绝遗传生存资源的"滑头"。因为省下了本该用来遗传给后代的生存资源，它就能更大量地产生精子或者花粉。这样它自己就能留下更多的子孙后代。可以说，这就是雄性产生的起源。这在雄性数量少时，确实是非常有效的策略。一只雄性，可以让许多雌性受精。可是，随着雄性数量多起来，这个优势就没有了。因为出现了多余的雄性，结果，雄性与雌性以1:1的比例，正好达到平衡，雄性的

落叶高木

小石川植物园的大银杏

优势也消失了。我这样说明，只是为了读者易于听懂，不一定准确。对性别比例最早的研究，是一个叫费希尔的英国人，他的理论叫费希尔原理。

人类已经实现了1:1的性别比例，男女双方能留下后代的数量一样，所以并不存在生物学上的有利或不利一说。当然，由于不同性别的基因不同，有强势和弱势之分。但性别歧视却是不应该的，必须指正。因性别差异，不可避免地会产生身体机能差异。但因此就认为是个人的努力不足，而把它抛弃，这是是非常残酷野蛮的行为。

对于人类来说，特别需要指出的是，男性不光提供遗传基因。一夫一妻制的人类，男人也提供给后代生存资源。远古时候的男性们捕猎、捕鱼、采摘，把这些资源带回家里，抚养后代。那么现代男性呢？虽然不会带回食物，但是会把工资带回家。但有许多公司，工资都数字化，导致男人看起来好像什么也没有带回家。但是在现代，轻如鸿毛的数据信息，才正是生存资源。说起来虽然没什么底气，但是我还是要为男性说句话——表面看来，好像男人没有养育孩子，

但是他们可真是在默默提供资源呢。

　　我曾经写过有关人类婚姻制度的文章。有关婚姻制度，我想解释几点大家通常的误解。海豹、狮子是一夫多妻制。很多人认为，一夫多妻是通过雄性对雌性的暴力才达到的制度。但这可是天大的误解。相反，一夫多妻制时，选择权恰恰在雌性一方。是雌性选择了看起来不错的雄性，才聚集在它的周围。而雄性具有选择权的制度，恰恰是一妻多夫制。那么，人类的一夫一妻制是怎么样的呢？这是只有男女双方达成共识才成立的制度。这时，不论男女都可能失恋。而一夫多妻制的动物，雌性是不存在失恋的，只有雄性才会失恋。

话说，一说到银杏，就会想到白果——茶杯水蒸蛋的点睛之笔，热腾腾的，无上美味。我的父亲就因为非常喜欢白果，第一次拿到工资，就买了一棵银杏树苗种起来。但他那时不知，银杏树有雌雄之分。后来听说了，脸都绿了。只能心里暗暗祈祷那 50% 的概率，正好买到雌株，说不定真会结果呢。结果这棵树长了 60 年，也没有结出半颗白果。事实是以前人们都喜欢种雌株，但近年人们开始讨厌白果的臭味，作为观赏树出售的都选择雄株。

中低木

泡桐

泡桐 梧桐科梧桐属落叶树。据说是中国原产。曾被分类在玄参科。跟紫苏等草本是近亲,泡桐具有与草本植物相近的特点——密度小,树干生长迅速,但易受菌类入侵,寿命短。泡桐树叶的光合作用能力是树木中最高的,这也大大促进了生长速度。因为材质轻便,曾作为木箱、茶叶箱的木材大量使用。现在桐木材虽然没有那么流行了,但泡桐树却自己在开垦后的荒地里茂盛生长。泡桐树高能够超过 10 米,但称不上乔木。

泡桐树以前就被用来制作木箱等家具，常被种植。桐木很轻，这是其最大卖点，但如果是高级的桐木的话，就不只轻而且可以感到高雅的美感。

我母亲装嫁妆的木箱就是桐木制的。从某时开始，被发现上面有蛀虫的粪便，粪便甚至落到榻榻米上。几年后，木箱就全部朽烂了。这是我对桐木最早的印象。奶奶还曾因为这个木箱坏掉，特别生母亲的气。但从梧桐木的特点想想，这样生气责备母亲也是不应该的。桐木的树干密度非常低，对菌类、蛀虫的抵抗力非常差。

泡桐树密度小是它生长迅速的原因之一。我也说过很多次，密度小的话，就可以不以牺牲强度为代价，同时长得高。实际上，泡桐树

中低木

开花的泡桐

1年可以长高3米左右。

　　泡桐树长得快，还有一个原因是其树叶的光合作用能力非常强。虽无法以具体数值说明，打个比方的话，大约能跟水稻的叶子相媲美。树叶的光合作用能力与树叶的蛋白质量成正比。合成蛋白质，需要大量的氮元素。根对氮元素的吸收能力越强，光合作用的能力就越强。泡桐树正是因为能高效地吸收氮元素，才实现了高速的光合作用。

　　要加强根吸收氮元素的能力，相同重量的根，必须拥有更大的表面积，也就是根须得更细。草本植物的根须就非常细，所以吸收氮元素的能力强。泡桐树拥有着与草本植物相同的根系。但是，更细的根却更容易被土壤中的微生物袭击。所以泡桐树怎么样都短命。

　　泡桐树因为有着低密度的树干和高光合作用能力，所以能够快速生长，但同时这也意味着它选择了更快地生活，更快地结束生命这条路。日本山桑、白胶木、柳树等日本原产的树木都选择了这样的战略。

　　日本古来就有用桐树图案做成图纹的传统。丰臣

缝隙中生长的泡桐

秀吉就非常喜欢各种桐木的图纹。现在，日本政府也使用五七之桐的图纹。我想拍摄与桐木图纹相同的桐树照片，但是尝试多次，无一成功。以上照片是其中一张，是否能看出一点桐树图纹的影子？

在专心拍照时，我发现了另一件特别有趣的事情——泡桐树开的花，基本都能结果。你可能会说，开花结果不是正常的吗。实际上，对于树木来说，这可不一定。不能自花授粉，即自交不亲和的植物，结果率是非常低的，最高不超过 5%。就算勉强施以另一株的花粉，结果率也不会提升。能够实现 100% 结果的植物，只有那些能自花授粉，即自交亲和的植物。其中原因，可以用复杂的数学关系式证明，在此不赘述。

所以，泡桐树结果率这么高，很可能因为它自交亲和，能够只留下自己的后代。由于商业利润下降，泡桐树现在在日本已经很少被种植了。但它自身拥有生长优势，在野生环境中倒是占了上风。我甚至发现，有泡桐树能在大都市的钢筋水泥的夹缝中蓬勃生长。

中低木

山桑

山桑 桑科桑属落叶树。以开垦后的抛荒地为生长据点，生长速度快，但因为繁殖在长成乔木之前开始，所以山桑多数不超过10米高。因是家蚕食粮，养蚕业发达的时代，有桑田被人种植。明治时代时，日本正是因为生丝出口，推动了近代化。被世界遗产登录在册的富冈制丝厂就是当时的象征。但日本富裕起来后，过高的人工成本导致养蚕业处于濒死状态。

我曾在山桑身上有过惨痛经历——吃桑葚时，咬到了臭虫。要是当时好好检查一下再吃多好……这酸爽，嘴里弥漫着比异国料理香料更浓烈的味道，久久不能散去。

臭虫只能吃桑椹，不能吃山桑树叶。因为桑叶含有特殊的植物盐基，能吃它的，估计只有家蚕和野蚕。仔细观察桑树叶子，会发现有许多类似家蚕的小毛毛虫，这就是家蚕的祖先——野蚕。

本来，把家蚕养在野外，让它自己吃桑叶更省力。但是经过长期驯化，家蚕力气越来越小，几乎抱不住桑叶了，也就无法在野外生存了。但这是家蚕品种的重要改良。因为喂蚕都是用整枝桑叶，吃完一枝，更换桑枝时，轻轻抖一抖树枝，蚕要能从枝条上掉下去。要是蚕能紧紧抱住桑

中低木

渡良的山桑

枝，那就没法给它换桑枝了。这种桑枝，养蚕业里叫做"条"。

桑树和家蚕，是日本明治时代实现近代化的功臣。出口缫丝挣了钱，再从欧美进口近代化需要的机器。群马县富冈制丝厂就是当时生丝生产的象征，现被列为世界遗产名录。但因为养蚕业是劳动密集型产业，劳动力成本决定了它的兴衰。日本富裕起来后，养蚕的商业利润就不够高了，日本的养蚕业也就没落了。我为拍摄桑田的照片，曾到处寻找，但桑田都改种了其他作物。最后好不容易才在东大农学院里找到。而照片拍摄的也不是日本的山桑，好像是属于中国的鲁桑系统的品种。

这里，我想介绍一项有关桑树的研究。桑树的枝生长旺盛。它在生长过程中，会不断寻求可以保护自身的自然规律。其中一条规律是："维持力学上的稳定性"。比如，如果不断向上生长的枝条上，长很多树叶的话，枝条就会被压弯、压断。这个现象我在杉树一章中也谈到过，是因为树叶重量过重，导致树枝弯曲、断裂。导致树枝弯曲的假设树叶重量与实际全体树叶重量

东京大学农学部的桑田

的比率，在树枝生长过程中，大约维持在 4 左右。这个比例是比较安全的。虽然桑树维持安全率的机制还没有完全被解释清楚，但桑树好像确实会随时监测树叶给树枝带来的压力，在安全率范围内，控制自己的生长。这个安全率的说法，是从建筑基准法引入的概念。在日本，因为多地震，建筑物的安全率被设定在比较高的数值。同样，对植物来说，在风大的地方，则上调安全率；风小但生存竞争大的地方，则下调安全率。安全率对人及植物都是一个关键词。

桑树在5月到6月间结果。成熟的紫色桑树果，被称为"桑葚"。"桑葚紫"的说法就来自桑葚。桑树有许多品种，不同品种的桑葚味道各异。我最喜欢吃的是垂枝桑的桑葚。它的甜味和酸味的配比最为绝妙。要是您有机会找到，一定要尝一尝。

写到现在，从常绿乔木，到落叶乔木、灌木，接下来必须写写草本植物了。虽说草本植物已经有点超出本书的范围，但我还是想多少写一点。

简短地说，草本植物的战略是比灌木的生存战略更加短命的战略。比如刚刚被划为桑科的麻。麻的茎是中空的，密度极低，一旦砍倒，马上就会腐烂。叶子非常薄，无法抵御台风等强风。具有这种特性的麻非常短命，但同时其生长极其迅速，一天内就可长高3厘米。这种整个植物体都"粗制滥造"，来达到极高的生长速度，就是草本植物的战略。草本植物能适应像河岸边那样的荒地，从发芽到开花的时间缩到非常短，能迅速结果，利用繁殖不懈开拓新天地。

草本植物，我以麻为例，并不单纯因为它是桑树

中低木

织丝机（上）和富冈制丝场的织丝场（下）

的近亲，还因为麻是我儿时非常亲近的植物。栃木县曾以种植麻闻名，我父母家就曾种植。当然，不是为提取大麻、毒品，而是以利用纤维为目的种的。我父母家的仓房里，存放着割麻的镰刀，镰刀样子类似日本武士刀。还有一种叫"舟"的木制工具，专门用来把割下来的麻，放到水里让它腐烂。所以，我对麻有着特别的情怀。夏天，把麻割下来，放到"舟"里让它腐烂，然后就可以把麻的表皮剥下来，从剥下来的表皮中，就能取出切不断的纤维。但腐烂的麻臭气熏天。对我来说，一提到麻，联想到的一定就是这种臭味了。

话说，我父亲对麻的印象倒不是这个臭味。他说可以把麻的叶子当蚊香用。说不定，本来大麻的成分，就是这种驱虫成分呢，它对驱蚊有效，对麻痹人的神经也有作用。但我要加一句，我父亲当时既不知道麻有毒品的效果，也没有在熏蚊子的时候，神魂颠倒地享受毒品带来的愉悦。日本的麻、毒品的效果很小，没有专业知识的话，完全感觉不到。但我苦口婆心地把这段轶事记录出来，也没什么用了，因为现在在日本种植的麻品种里面，已经完全不含有这种成分了。

中低木

柳树

柳树 柳树科柳树属落叶树。其同类在改造后的明亮环境中快速生长。很多柳树适宜生长在河畔等湿地中,也有如峰柳般生长在干燥环境中的。垂柳是园艺品种。因为人们喜爱下垂变异之后的树木,所以下垂的庭院树木有很多。

自然环境中没有枝条下垂的柳树。下垂的话高度不够，在光照的竞争中将处于不利地位。不仅柳树，很多种类都有枝条下垂的属性，这是由于人们喜欢这种因基因突变而具有下垂性的植物所导致的。很多植物都存在枝条下垂的现象，表明这种变异很简单普遍。虽然其原理还没有被完全解开，但普遍认为植物荷尔蒙——赤霉素合成的减少是其原因之一。因为减少了的赤霉素是促进植物生长的荷尔蒙。还有一种比较符合常识的看法是，赤霉素过多会导致植物生长过快，无法承受自身重量自然而然枝条就会下垂。然而事实恰恰与常识相反。

柳树大多会在光线充足的环境中旺盛生长，其代价便是短命。因为树干的比重较小，虽然生长速度快，但

中低木

河边的柳树林

是细菌容易入侵。其生存方式大概和泡桐、山桑等属于同一类别。由于短命，繁殖期的进程自然也短。生长在河边的尾上柳等，发芽一年后便会开花。种子附着在柳絮上随风轻轻飘起，落至地面的翌日就已发芽。

树干的比重小，和柳树砧板被视为贵重物品不无关系。比重小的树干比较柔软，不容易伤到刀刃。

柳树并非只能生长在根系可以浸在水中的岸边。黄花柳可以生长在更为干燥的半山腰中，而峰柳则长在山岳沙砾之中。尽管对水的需求有所不同，但它们都只能生长在阳光充足的地方。

后页图片是流经渡良濑滞洪区的渡良濑川和思川的汇流处附近。这些河流自江户时代起就河运兴盛。明治时代，田中正造乘舟沿此河而下，将深受足尾铜矿山矿毒之苦的附近农民的穷困情况直接上诉天皇。还有江户时代后期，在江户地区的自由创作被限制的喜多川歌麿[1]曾由栃木的富商资助离开江户地区。歌

---

1 喜多川歌麿（1753—1806），日本浮世绘大师，善画美人画。——编者注。

中低木

尾上柳（上）和垂柳（下）

麿晚年亲笔画"深川的雪"中所描绘的地点就是栃木县，原本行踪不明的此作最近被发现，一时间成为热门话题。

本该以图片中的柳树见证了这段历史来结束本段的，但是我发现了两处错误。其一是生物学上的错误：如前所述柳树是短命的，应该没有生长达百年以上的个体存在。其二是对于当时船运的误解：沿流动的河川逆流而上时，需在岸边用粗绳拉着船。那么岸边的柳树应该会被砍掉，为拉船准备通道。在描述现实的时候，难以做到像电影般恰到好处地结束。

中低木

空木

空木 八仙花科空木属落叶灌木。空木枝条中空,所以被称为空木。管状构造虽轻但也结实,这是其快速生长的方法之一。树木第2年开始组织等便会肥大,此构造的益处便也逐年递减。很多灌木因有管状枝条,即使不同科也被称为空木。有空木之名的植物大多特指生长在河槽用地等改造较多环境中的树木。

空木中空的树干

花朵闪耀夺目的篱笆上,
杜鹃鸟早早啼鸣,
忍不住一声叹:
夏天来了。

这个花指的是空木的花。由于空木花没有气味,在现代指气味的词语在古语中的意思应为光辉映照。

空木是朴素的灌木,不仅仅作为篱笆使用,也可作为庄稼地分界标志种植。我还是孩子的时候,大人们都称它成为"境株"。树木深扎根后，便无法轻易移动，可用上几十年。使用活木应该是为了避免田界之争吧。而且空木经常分株，砍掉后还会不断长出新的枝条，用它作分界无疑是很方便的。

用镰刀砍掉空木的树枝时，切口会呈锐角形，因为镰刀是从下向上砍的。百鸟将蛙等串起来放入这个切口中，制成被称为"早贽"的保存食物。我对早贽的初次研究，是在小学暑假。事实上我到现在也不清楚百鸟制作这种食物的意义。作为保存食物的话也存太多了吧。

空木汉字写作空木，因为枝条中空而得名。但是枝条中空的植物并不仅限于空木。中空的构造虽轻却可以维持韧性，所以在其他植物中也很常见。它们也被统称为空木，故称呼比较混乱。

思考一下植物的生长方式即可明白这种成长方式无法扩大中空面积。因为第二年外侧组织会变得肥大，故而中空部分大小并没有改变。因此中空枝条的益处主要在第一年，能长出中空枝条的植物大体为枝条寿命仅一年或数年的草本和灌木。

日本的树木

　　马桑也是有着空木之名的植物，如图片所示会结出紫色的果实。作为生态学研究者，我认为该果实没有毒，因为它是为吃而生的果实。但其种子部分却含有毒素，所以要小心不要嚼碎种子。之后，便是浓厚的甘甜弥漫整个口腔。不愧是经过长时间形成的植物和动物的互惠关系，这种关系不会遭遇背叛。

中低木

空木被用作界木

日本的树木

蟹空木的花（上）及马桑的果实（下）

中低木

日本山茶

日本山茶 山茶科山茶属常绿灌木。常绿的特质有助于其在昏暗的林床中生长。常绿乔木会不断生长直至林冠。而常绿灌木则会提早开始繁殖过程,终其一生都是灌木。日本山茶多生长于多雪地带的山毛榉林床中,藏于雪下免遭冬日低温之苦。

日本山茶其实是丛生的野山茶，这种形态有利于在多雪地带生存。被雪覆盖着度过严冬，雪下温度顶多 0 度左右且不干燥，对于冬天里的植物来说是天堂般的环境。

不久春天来了。残雪中耀眼的红色花朵是雪国春天的色彩，果然春天还是雪国最美。还有辛夷和水羚木兰的白花，大山樱的粉花等，都是必不可少的点缀。

事实上，自然界中如山茶花般鲜红的花朵几乎没有。花是吸引昆虫为其搬运花粉，予之花蜜的器官，飞来的昆虫很少能看到鲜红色。因此鲜红色花朵并不能吸引昆虫，即便基因突变，产生了可以识别红色的昆虫也会被淘汰。但是鸟类却能很好地识别红色。可以认为山茶是能够看见红色的鸟类的专属。山茶花雄蕊是黄色

中低木

在融雪时节开放的日本山茶花

的，也能吸引昆虫，最显眼的是花瓣的红。观察一下吧，早春时或许能看到鹎等停留在山茶花上、将头伸进去的景象。

山茶及其同类中有很多园艺品种。野生山茶花仅开一层，而园艺品种大多花开8层。盛开8层的花朵中，大都没有雄蕊和雌蕊，代之以花瓣。这样一来就无法结出花种来。因此自然中8层的花朵是不存在的。即便长出雄蕊和雌蕊，1层也是有利的。8层也好，1层也好，大小都一样，因此吸引虫鸟的能力也相同。如此一来，在雄蕊和雌蕊上占优势的1层花朵更有可能留下很多种子。因此，野生植物常常花开1层。

不过，花萼、花瓣、雄蕊和雌蕊均由叶分化而来。其原理是简单的，只有ABC三个基因的组合便可产生。只有A基因的话就会变成花萼，AB是花瓣，BC是雄蕊，只有C的话是雌蕊。实际上会更为复杂些，但基本上是这样。若C基因遭到破坏，便只能形成花萼和花瓣，就会开出8层的花了。

生长于多雪地带的日本山茶，其生存策略还比较

中低木

姫青木（上）与虾夷让叶（下）

易于理解，问题就在于主要分布在温暖带的野山茶。视为灌木的话太高，但也没高到30米的高度。即便如此，野山茶也应该归于乔木类吧。屋久岛温暖带的常绿阔叶林，林冠顶多10多米高。此处的野山茶也有高至林冠，并结出许多果实的。加之树干的比重较大，认定其为长寿乔木应该是没有问题的。

紫藤

紫藤 豆科紫藤属落叶蔓生植物。为什么学校里藤萝棚架那么多呢？因为紫藤不仅花美，用作绿荫也很合适。自然中的紫藤缠绕着乔木长大，抵达林冠舒展枝叶。浅紫的花朵成为5月树林的点缀。藤蔓树木有木天蓼，软枣猕猴桃，南蛇藤，山葡萄，五味子，钻地风属，南五味子等。

蔓生植物不必以自身作为支撑。缠绕着被称为"寄主"的树木生长，物理支撑也完全依赖该树木。乍一看好像是很有效率的方法，然而现实并非如此。

后页图中是缠绕着冷杉生长的紫藤。从冷杉本体向四面八方探出的枝条，在前卫派插花中也可以见到。这些枝条都是刺儿头，为了寻找下一个攀附物而不断地延伸。但攀附物不是轻易就可以找到的，没有找到的枝条很快就会枯萎。不限于紫藤，蔓生植物会长出大量的探索枝条，其中大半会被弃掉。因此作为植物体生存下来的只是通过光合作用产生有机物的一部分而已。看似轻松悠闲的生长方式，实则是建立在相当浪费的基础上的"树上楼阁"。

我关于紫藤的苦涩回忆是和某

蔓生植物

附在水杉上的紫藤

案件的搜查相关的。警察希望鉴定一下附着在嫌疑车辆上的叶子类别，于是我前往。保存在警署的叶子已经干掉，无法进行鉴定。用水浸泡后，只能看出是紫藤叶子。此处我犯了一个错误，认为紫藤的叶子是长在林冠的，不可能只有汽车的高度。因此不能断定其为紫藤，转而去探索其他豆科植物的可能性。但是无论如何都得不到结果。因为搜查员的一句"困惑的话，就去现场看看吧"，便去了现场。刚一抵达，困惑便立马解开了。那里并不是树林，而是被开垦过的地方。紫藤没有攀附物，其枝条是沿着地面向四面八方伸展的，如此汽车上便有它的叶子了。

虽说长大的紫藤可以抵达林冠伸展枝叶，但其最初也只是种子发芽而来的低矮植物，而且在找到攀附物之前是沿着地表生长的。我竟然忘了它最初的模样，由于我坚信紫藤的叶子长在林冠致使搜查一度陷入混乱。由此得出的教训是：坚信和先入为主是劲敌。而且，也让我体会到了电视剧中搜查员所说的"现场100次"的重要性。不仅搜查界，这在研究界也普遍适用。

蔓生植物

缠着春榆的紫藤

虽然有关于紫藤的教训，但我还是很喜欢它。4月上旬东京的紫藤就会开花，之后开花前线会逐渐北上。由于我来往于日光和东京的机会较多，透过车窗即可确认开花前线的北上进程,这也算是春天的一大乐趣吧。进入 5 月,日光附近的紫藤就会开花,迟来的春天也降临了。看着 5 月耀眼的阳光和新绿,以及点缀着树冠的浅紫色紫藤花,我便会无缘由地想深吸一口气。

结语

我的专业是生态学，研究生物的生活方式。地球上生存的生物多达几十万种，其生活方式乍一看形形色色难以把握要领。虽说以生态学为职业，我并不太擅长记忆其庞大的种名和生活方式特征。我也常常思考，若是能够找出潜藏在生物多样性生活方式中的简单法则，生态学会更加有趣吧。

我研究生时以微生物为对象进行研究，比较简单也易于处理，并不会有很多烦恼。之后研究对象扩展到草木，我碰了好大的壁。植物的生长方式并不能统一理解，经常会出现"这样思考的话是不行的"的困扰。最近开始思考，是不是可以通过生长方式将树木归为几类呢。就在这时，我从筑摩书店得到了为该书执笔的机会。

这个机会是渡船，并不能立马开始写。当初提议由我执笔的时候，我正在努力出版关于落叶树和常绿树适应性的论文。不出版论文，便不能基于科学依据对类型化进行探讨。

最后论文刊载在了英国的生态学会杂志上，至此我终于有了自信。

其次是图片的问题。最初并没有自己拍摄的念头，原本打算交给专业人士来完成。在书写原稿的过程中我逐渐意识到：比起肖像画般美丽的图片，树木生长现场的照片更为重要。但是手上持有的图片太少，不得已从早春到夏天跑去各种地方进行拍摄。虽然我的拍摄技术可以说是外行，但在某种程度上也与本书的主旨一脉相承，不是吗？

我将树木分成了3个类型，如果不能具体介绍每种类别的生长方式，那么趣味性就会减半。因此本书中列举的种类，不是我的研究对象，就是孩提时代起便很熟悉的植物，所以能够尽量用自己的语言来书写。结果代表日本的几种树木被漏掉了，还请谅解。

树木有不同生活方式，每个种类都背负了不同的历史。希望通过这本书可以将这一理念传达给大家。